神様の薬草園
夏の花火と白うさぎ

松浦

富士見L文庫

目次

プロローグ

まだ年若い男は、ふて腐れながら山道を登る。

「なんで俺だけ……」

ぶつぶつと文句を言いつつ、足下の草を一つ一つ、じっくりと見ていった。

目的の植物を見つけた作務衣《さむえ》姿の男は背負った籠《かご》を横に下ろし、片手用の鍬《くわ》で根を傷つけないように慎重に掘り出して採取していった。

男は祖父の命令で、足りなくなってしまった薬の材料を探しに山へと来ていた。

己の家は薬師の家で腕も良いにもかかわらず、失敗が多いのが玉に瑕《きず》と言われている。

己もまだまだ修業中の身であるのだが、どういうわけか一族が畑で育てている薬草を自分だけが使わせてもらえなかった。理由としては「相性が悪い」かららしい。

薬師としての仕事には畑仕事も含まれる。材料となる薬草のほとんどを畑で育てているのだ。

珍しい物に関しては伝手《つて》を使ったり、自らが採取に行くものの、ほとんど庭で栽培しているというのに己だけが使わせてもらえない。

その理由が、男の畑仕事の感覚が壊滅的であったせいだった。

水をまけば根腐れを起こし、肥料を与えれば植物を埋めてしまう。雑草だと思って抜けば、それは薬草だと怒鳴られる事がしょっちゅうだ。

「…………」

相性が悪いというより、はっきりいってしまうと役立たずなのである。

男の言い分としては、薬はきっちりと計るくせに、どうして畑は適量だとばかりいわれて感覚に頼るのか分からない。

思い出せば思い出すほど気が重くなる。男は溜息《ためいき》を吐いた。

一族を束ねる祖父に「お前には任せられん」と言われて畑を出入り禁止にされ、「己が使う分は己で採取してくる事。手当たり次第に全て取ってくるんじゃないぞ！」との言いつけのもと、しぶしぶいつも山に登っている。

採取する時間が短縮できれば、その分薬の調合に時間が回せるのに……と嘆息した。

「納得いかん。きちんと説明されればその通りにできるはずだ。……多分」

そうブツブツ不満を吐きながら、男は手を止めず周囲の薬草を採取していった。

「……このくらいにしておくか」

山に薬草が残っているのを確認し、籠の中を覗《のぞ》く。量もこの位で良いだろうと、帰る準備をしていた。

「よっ」

重くなった籠を背負い、下山しようとした時だった。

「……っ」

ズルッと足が滑ってしまった。

落ち葉が邪魔して足場が不安定だったようだ。岩場になっていた事に気付かず、そのまま体勢を崩してしまった。

「…………!!」

滑り落ちた先は崖《がけ》。その勢いのまま、ぽーんと投げ出されて目の前に広がるのは一面の空。

身体をぐるりと回して下を覗けば、下界の地表が遠くに見えた。これでは祖父の事を笑えないと男は青くなる。

細かい作業ができるようにと、薬師見習い中の姿は人間の姿でいる。だがこのままでは持っている力を満足に出せない。人間の姿のまま地表にぶつかれば、最悪死んでしまうだろう。

仕方ないと男は空中で元の姿に戻ることにした。背負っていた籠がめきめきと壊れ、せっかく採取した薬草が空中に散らばり、塵《ちり》となっていった。

帰ったらまた一から採取しなければならない上に、祖父から「やっぱりお前もか」と、にやにやと笑われるだろう。ついていない。

人間から己の一族は、総じて吉兆と呼ばれている。しかしそれは人間側の言い分だ。

遥か昔、祖父も下界に落ちてなかなか戻ってこなかった。ようやく戻ってきたと思えば、人間にこき使われてさんざんな目に遭ったと嘆いていたそうだ。

だんだんと地表が見えてくるにつれ、元の姿に戻った男はこのまま着地しようとした。

前足を地面につけてスタッと着地するはずが、己の前足は「グギッ」と良い音がした。

「……っ!!」

ずどおおおん……と地響きと共に無様な着地となる。どう見ても、べしゃりと潰《つぶ》れた姿になっているだろう。居たたまれない。

すぐ様この場から退散したいが衝撃で目が回ってしまい、頭がぐわんぐわんと揺れていた。

激痛が全身を走り悶絶《もんぜつ》していて動けないうちに、音に驚いたらしい人間が様子を見に来てしまった。

「もし……？」

聞こえてきた声は十代の年若い女の声だった。簡素な着物にたすき掛けをしている。

農作業の服装というよりも、台所仕事の最中に少し庭に野菜を取りに出てきたような出《い》で立ちだ。

男は女に驚いて立とうとするが、痛めた前足が震えて上手《うま》く立てなかった。

『うぐ……』

「どこか怪我をしているの？　ああ、動かないで下さいな！」

それ以上近付く事もなく、「ちょっとお待ちになって」と、どこかへ走って行った。

男は女の後ろ姿を呆然《ぼうぜん》と見ていたが、慌てて周囲を確認した。人間と呼べる存在は女一人だけで、他に人影はない。

だが、女と同じように音に気付いて人間が集まってこないとも限らないし、女が人を呼んでくる可能性もある。

男は己の前足が折れていないことを確かめて何度も立とうとしたが、くじいてしまったようで力が入らなかった。

（困ったな……）

祖父が経験した人間の恐ろしさを思い出し、男はぶるりと震えた。

あの女は人を呼んでくるのではないかと警戒心が湧き起こる。どうしたものかと考えていると、水が入っていると思わしき桶《おけ》と風呂敷《ふろしき》を抱えた女が戻ってきた。

「近付いても宜《よろ》しいでしょうか？」

こちらの様子を窺《うかが》い、丁寧に頭を下げてくる女に男は驚いた。

『我が恐ろしくないのか』

男の今の容姿は、下界の動物ではありえない姿だ。身体中にある無数の目がそれを物語っている。

男の一族は吉兆と言われてはいるが、人からすれば恐ろしい姿に変わりはない。けれど、女はきょとんとした顔をした後、とんでもない！　と叫んだ。

「白い御方は神の御使い様ではございませんか。お話しできる事が何よりの証拠でございます」

女の言葉に今度は男の方が目を丸くした。縁起が良いとは言われても、神の御使いなどとは初めてだった。

特に白い毛並みが意味するものは縁起が良いと言われている。

(都合が良いといえば都合が良いが……)

ボロを出して何かねだられても困る。これ以上は何も言うまいと男がそのまま黙り込んでいると、女は風呂敷から手ぬぐいや箸《はし》、小さな壺《つぼ》のような物を取り出していた。

「失礼いたしますね」

『ぐっ……』

女は身体中をぺたぺたと触り、傷を見つけると桶に入っていた水で綺麗《きれい》に洗い流していった。異物があれば箸を使って丁寧に取り除いていく。

壺は匂いから傷薬だと分かった。傷口を綺麗にした後は壺に入っていた軟膏《なんこう》らしきものを塗り込まれていくが、あまりの激痛に叫びそうになってしまった。

思いの外、身体中が傷だらけだったらしい。染みる痛みに耐えながら周囲をぐるりと見渡すと、どうも畑に落ちてしまったようだった。

そして植えられている植物が馴染《なじ》みのある香りを発しているのに気付き、男は思わず呟《つぶや》いた。

『……ここは薬草畑か？』

「はい。我が一族は薬師をしております。ここは我が家の庭の畑ですわ」

『それは……すまぬ事をした』

牛ほどある大きな塊が落ちてきたせいで、畑はぼこりと穴が開いて無残な姿になっていた。

つくづく畑というものに縁がない。男がしゅんと落ち込んでいるのには気付かず、女はふわりと笑った。

「御使い様がご無事でよろしゅうございましたわ。畑の土が軟らかかったお陰でしょうか」

掘り返していたお陰で石なども除かれていたのだろう。たしかに山の中だったりすれば、木や岩でもっと痛手を負っていたはずだ。

畑に縁がないと思えばまさか畑のお陰で助かったなどと、男は複雑な心境だった。

男の傷は前足が一番酷《ひど》いと分かり、女は骨の具合を見ながら手当てをしてくれた。傷を洗うために離れた場所にある井戸へ何度も往復しては綺麗な水を汲《く》んできた。汚れた毛も手ぬぐいで拭《ぬぐ》って梳《す》いてくれる。

迷いもなく、テキパキとしたその手腕に少なからず驚く。あやかしだからと躊躇《ちゅうちょ》する事もない。下界の人間も侮れないと感心していた。

「腫《は》れてしまっているわ。冷やさないと……地黄《じおう》は残っていたかしら……」

ぶつぶつと言いながらも手ぬぐいを冷やして患部に当ててくれたりと、とても甲斐甲斐《かいがい》しい。

男は己の不甲斐《ふがい》なさに落ち込み、しゅんと視線を落とす。すると足下に潰れた薬草が見えた。青々とした葉と茎が無残な姿になっていた。自分ではなかなか育てられないからこそ、ここまで育っていたのにと申し訳なさで心が痛んだ。

『よく……ここまで育てているな』

「え？」

『栽培が難しいと言われている薬草もあるではないか』

畑で薬草を育てるという事がどれだけ難しいか男は分かっていたので純粋に褒めると、女は顔を真っ赤にして喜んだ。

「もったいないお言葉にございます……！」

女は何か見返りを求めるでもなく、男を献身的に介護した。

その後現れたこの女の家族も皆、どうもお人好《よ》しが過ぎるというか、男を見た瞬間に御使い様だと言ってあれこれと世話を焼き始めた。

あやかしの世界では春の兆しが見えていたが、下界ではまだ寒い日が続いていた。

動けない男の周囲に藁《わら》をしきつめ、夜の寒さから守ろうとしてくれたり、畑仕事の合間に傷を確かめ、腫れが引くようにと何度も濡《ぬ》らした手ぬぐいを変えてくれる。

何か食べられますかと野菜や果物を持ってきては男の口に入れようとしてくれた。

『………』

この家の人間達は、男をとても大事に扱ってくれたのだった。

それから二日ほど経過した頃、孫の帰りが遅いと捜しに来た祖父に見付かってしまった。

「ほっほっほっ！　お前さんもついに落ちたか！」

にやにやと笑う好々爺《こうこうや》に、男は『むむ……』と、ふて腐れた顔をしていた。

「やはりわしの孫じゃったのう！　血は争えん」

からからと笑う好々爺の姿に気付いた女が、「どなた……？」と声を掛けた。

「お前さんがこやつを手当てしてくれたのか。ほうほう、なかなかの腕前じゃ。いや～こやつはわしに似ておっちょこちょいでのう～ぶほっ」

『おい……』

堪《こら》えきれないと吹き出して笑う祖父をじろりと睨《にら》むと、祖父は「安心せい」と笑った。

「帰ったら皆に言ってやろうぞ」

はっはっはっーと豪快に笑う祖父は、それはそれは楽しそうだった。

「世話になった。後で礼をしよう」

祖父が女にそう言うと、女は頭を下げた。

「御使い様のお身内の御方でしたか。もったいないお言葉でございます」

『……世話になった』

「お大事になさって下さいまし」

にっこりと笑う女に、祖父はそれよりも言う事があるじゃろうと男を促した。

『…………』

「全く、世話になっておきながらなんじゃその態度は。あとでお仕置きじゃ」

『ゲッ』

そんなやりとりの後、祖父は元の姿へと戻った。

その姿は男の姿のゆうに何倍もの大きさを誇り、威厳を放つ。

女は恐れおののき、地にひれ伏した。

『帰るかの～全く、世話が焼ける孫じゃ』

そう言いながら、親犬が子犬を運ぶように男の首根っこを咥《くわ》えて持ち上げた。

男はぷらーんとなすがままだ。傷のせいで力が足りず、人間の姿に戻れないためにこの方法を取るしかなかった。

『屈辱だ……』

思わずそう呟くと、男を咥えていた祖父が『ぶほっ』と吹き出して男を落としてしまった。

『ぐえっ』

『あっはっは！　ばかもんが！　笑わかすでないわ！』

『ぐぅぅ～……くっそ～～』

祖父はにやにやしながらも悶絶《もんぜつ》している男の首根っこを咥え直し、二人は空の彼方《かなた》へと帰って行った。

女は彼等の姿が雲に隠れて見えなくなるまで、ずっと空を見つめていた。

＊

後日、女の許《もと》に白い髪をした袴姿《はかますがた》の青年が訪れた。

突如庭に現れた青年の姿に驚いた女は、驚きつつも「どなた……？」と声をかける。

「いや……あの……その……」

俯《うつむ》く青年の耳元は、ほんの少し赤らんでいる。

女がふと青年を見ると、治療の跡やすり傷があった。

両手には白い布が巻かれている。もしやと思い、もう一度青年を見ると、あの真っ白な好々爺の姿とどこか面影が重なった。

「その……この間は世話になった」

そう言ってずいっと何かを差し出した。

青年の手には、小さなざるに積まれた美味《おい》しそうな桃が幾つかあった。

「まあ……もしや、あの時の御使い様ですの？」

「……ああ」

「元気になられましたのね。よろしゅうございましたわ」

「……うむ」

青年は口べたなのか、上手《うま》く話せないようであった。

ありがとうございますと女がザルを受け取ると、青年は早口で言った。

「ぐ、具合が悪い者がいたらその桃を食うがいい」

そう言うと、くるりと背を向けた。

「…………ありがとう。助かった」

ぼそりと聞こえたと思ったら、そこにはもう青年の姿はなかった。

＊

その出来事からまた長い年月が経った。

男の姿は全く変わらず、いつものように山へと薬草を探しに来ていた。

あの時下界へと落ちた事は一族に知れ渡ったものの、皆一様に男が無事で良かったと喜ぶばかりであった。

祖父が下界に落ちた時の人間達の扱いは、それは非道であったのだと後に言われ、男は目を瞬いた。

祖父が笑っていたのも、男が人間にこき使われるでもなく、傷の手当てを受けていて無事だったからだ。

笑われると身構えていた分拍子抜けしたものの、男は相変わらず畑には出入り禁止だった。下界の薬草畑は青々としていたのを思い出し、どうして己では駄目なのだと嘆息する。

あの時手当てしてくれた女は良い人間だった。薬草を育てるのも上手かったし、傷の手当ても的確だった。

「………」

少しくらい薬草の育て方を聞いてみてもいいんじゃないか……？　と、男は次第に考えるようになった。そう考えてしまうほどに追い詰められていたのだ。

（ちょっと様子を見に行って観察するくらい……）

一族が管理している畑の側に行くと、すぐに出て行けと言われてしまう男は、畑作業を見て学ぶ事すらもできない。

だが女の畑作業を遠目で観察すれば、今後に生かす事ができるかもしれない。

そうと決めれば、男はさっそく下界へと降り立った。

うっかり獣の姿のまま下界へと来てしまった。夏が近い下界は日差しの照りと相まって、毛が蒸れて不快な暑さに包まれる。

森に面した女の家の庭は鬱蒼《うっそう》と茂る木々も多く、木陰の地に足をつければひんやりと涼しかった。森は隠れるには絶好の場所で身を隠すのにちょうどいい。

人の姿は小回りが利くが、人として人に認識されやすい。不思議と力に満ちた獣の姿のままだと人には気付かれることはない。まあばれないだろうと男は高をくくった。

だがしかし、男は女には獣の姿が見えていたということを忘れていた。

さらに青々とした世界に、真っ白な姿がぽつんと現れればとても目立つ。

「あらあら！　まさか御使い様!?」

早速ばれてしまった男はびくりとおののいた。

(何故ばれた!?)

慌てながらも男は女を見る。女はあれから随分と歳を重ね、少しふっくらとした姿であったが、あの時と変わらぬ笑顔で男に近付いて来た。

人間はすぐに歳を取る。下界ではそんなに時が経ってしまったのかと男が驚いて何も言えずにいると、女は頭を下げて言った。

「御使い様が下さった桃、今年も沢山実ったのですよ！」

ほら、と女が差し出した籠《かご》に盛られた沢山の瑞々《みずみず》しい桃。

周囲に生い茂る木々をよく見ると、箒《ほうき》状に広がった枝の葉の間から沢山の桃が生《な》っているのが見える。

男は目を見開いた。

下界では育てる事ができないはずの桃が、鈴なりに実っていたのだ。

第一章　家出人

夢の中でまで畑仕事をしていた仙庭《せんば》智花《ともか》は、携帯のアラームに気付いて止めようと手を伸ばした。

時間は朝五時。早朝とはいえ、季節は夏になったのでほのかに明るい。起きた瞬間からこもった熱を不快に感じるほどの気温。

扇風機に手を伸ばして電源を入れると、そよそよと涼しい風が智花の顔をなでた。

扇風機の風を顔面で受けると、つい「あ〜〜〜」と声を出してしまいたくなる。そんな事を思っていたら、廊下の向こうからダダダダダッと何かがこちらに走ってくる音がした。

スパーンッと勢いよく襖《ふすま》が開け放たれ、そこには猫ほどの大きさのかまいたちが立っていた。

『よお智花――！　朝だぞ、さっさと起きやがれ！』

イタチともいえない、オコジョともいえない何か。あやかしであるかまいたち三兄弟の長男のタケが、智花の携帯のアラームを聞きつけて起こしに来たらしい。

そしてさらに駆け寄ってくる足音。タケの後ろから勢いよく何かが飛び出し、タケに体当たりする。

『ぐえっ』

『タケ兄ちゃん〜ずるいでしゅ！　今日は僕が智花しゃんを起こしゅって言ったでしゅ〜〜〜！』

末の子、マツ。半泣きでタケを追いかけて抗議している。

智花の周囲をグルグルと走り回り、時には智花を挟んで左右にフェイントをかける。

『いいか、この世界は常に弱肉強食なんだよ！　マツがいつまでも寝てんのが悪いんだろーが！』

『ちゃんと起きたでしゅ！　今日は僕の番って約束したのにぃ〜〜！』

『忘れた！』

タケが大笑いしながらマツにちょっかいをかけている。まだ少しぼうっとしていた智花だったが、この騒動で完全に眠気が飛んでいった。

『智花！　起こしてやったんだから撫《な》でろよな！』

そう言ってタケは智花の膝《ひざ》の上へと跳び乗り、お腹を見せてごろんと転がった。

「おはよう。タケちゃんありがとうね。でも約束破ったらダメだよ」

智花がタケのお腹をわしわしと撫でる。するとそれを見たマツが叫んだ。

『ああ〜〜！　僕が智花しゃんになでなでしてもらう予定だったでしゅよ〜〜！』

ダメダメと言いながら智花の腕をがしりと掴《つか》み、嫌々と首を横に振って抗議している。

「おはようマツちゃん。今日はマツちゃんだったんだね」

右手にタケ、左手にマツの二刀流で二匹をわしわし撫でていると、タケとマツの顔が蕩《とろ》けた。

『ああ〜智花しゃん〜おはようでしゅ〜〜ああ〜〜……しょこしょこ……』

智花に撫でられてうっとりとしたタケとマツが、『首下もお願いしましゅ……』なんて注文をしている。

最近、智花の撫でる手を狙って、こうしてかまいたち兄弟が何かとお手伝いをしようと狙ってやって来るようになった。

しかしこの時季の毛皮はやはり暑い。そんな事を思っていたら、突如丸まった新聞がポーンと部屋に投げ込まれた。

『そこまでですよ！　私が新聞を持ってきたのですから、次は私を撫でるべきです！』

次男のナカがまん丸眼鏡をくいっと押し上げて、タケとマツの間に飛び込んできた。

しかし智花の手は二本しかない。タケを止めてナカを撫でればタケの抗議が飛んでくるし、マツを止めれば悲しそうな声が響き渡る。

「待って待って、順番順番！」

かまいたち兄弟は可愛いが、こんな風に毎日振り回されている。

智花の住む古民家には、元々住んでいるあやかし達がいるとはいえこんなに騒がしかった事などない。穏やかに過ごしていた日々が、彼等がやって来てから少し遠く感じる。

しばらく撫でるのに翻弄《ほんろう》されていると、開け放たれた襖の端を軽く叩《たた》く音がした。

そこに立っていたのは甚平を着た白い髪の青年だった。彼もハクタクと呼ばれるあやかしだ。

寝起きのようで髪には寝癖があり、後頭部の髪が撥《は》ねていた。少し不機嫌そうにしながら、智花に「おはよう」と挨拶《あいさつ》をした。

「白沢《しらさわ》さん、おはようございます」

いつの間にか智花の両腕には、三匹のかまいたちがじゃれ合っている。身支度も調えられないまま、智花は顔を合わせる羽目になって少し恥ずかしい。きっと頭は寝癖が付いてぼさぼさだろう。

それというのも、智花にとって白沢は昔の初恋の相手でもあったからだ。

紆余《うよ》曲折あって、あやかしに狙われた智花を守るためという名目で一緒に住む事になった。

白沢は畳の上に投げ出されていた朝刊を取って細長くたたみ、かまいたち三兄弟の頭の上に、順にスパンッスパンッスパンッといい音を立てて落とした。怒ったタケが叫ぶ。

『何すんだクタベ！』

「いい加減にしろ。智花が着替えられないだろう」

『そんな事を言いましても、智花のゴッドハンドのせいでこうなっているのですから智花のせいです』

叩かれてズレたまん丸眼鏡を押し上げてナカが抗議した。

ゴッドハンドと称された智花は恥ずかしさに赤くなる。

植物を育てるのが上手《うま》い人の手を「緑の手」と、称することがある。

仙庭家の一族は特にこれに当たり、あやかしの世界と繋《つな》がっている庭で、あやかし専用の薬草園を営んでいた。

智花はこの一族の中でも最上級の「緑王の手」を持っているらしく、他にも付加価値があるらしい。

以前、智花が庭で育てた薬草を材料に薬を作ったところ、あやかしの傷を一瞬で癒《い》やす代物が出来上がってしまったのだ。

さらに最近ではふとしたきっかけで、智花の手で撫でられたあやかし達が次々と顔を蕩けさせて陥落した。それを見たナカが、智花の手を「ゴッドハンド」と呼び出したのだ。

「智花にねだっているのはお前達だろう。智花、こいつらを撫でるのはもう終わりだ」

「は、はい」

パッと手を動かすのを止めたら、三匹の抗議の合唱が始まった。眉間《みけん》にシワを寄せた白沢が、再度新聞で兄弟の頭をスパンッスパンッスパンッと小気味よい音を立てて叩いた。

怒ったかまいたちが今度は白沢の足下に群がった。ぎゃーぎゃー騒がれながらも、白沢はそのまま背中を向けて出て行こうとする。

「今の内に着替えるといい」

「ありがとうございます」

『智花しゃんごめしゃい』

マツがちょっとしゅんとしながら手を振った。後でねと返事をして智花も笑顔で手を振り返した。

白沢が智花の部屋の襖を閉め、そのままダイニングへと足を向けた。その白沢を追って、ぎゃーぎゃー言いながらかまいたち三兄弟がついて行く。

白沢の足音と一緒に、大騒ぎしている声も遠くなっていった。

智花は戻ってきた静寂に少しほっとした。故人である祖父の信吉《しんきち》とこの古民家に住んでいた智花は、静かな環境で過ごしてきた。

同居人が増えたことで賑《にぎ》やかになって楽しいが、その反面、まだ賑やかな環境に慣れていないのか、時折ふうっと息を吐く瞬間がある。

携帯の充電を切ろうとして、すでにアラームから三十分が経過している事に気付いて、智花は慌てた。

夏布団として使っているひんやり仕様のシーツを畳んで脇に置く。天気が良かったら洗う予定だ。

本当はお昼寝用のい草のマットはクッションが入っていてふんわりしているが、寝汗をかくので消臭剤をかけて日の当たる縁側に置いて干している。

部屋は畳なのに、い草のマットを見て微妙な顔をしていた白沢の顔が忘れられない。ためしにと祖父が使っていたマットを使わせてみたら、ふわふわ感に感動していたのを思い出し、つい笑ってしまった。

寝汗を拭《ふ》くためにパジャマを脱いで冷却効果のある汗ふきシートで簡単に身体を拭くと、ひやっとしていて気持ち良い。

さらにそこに扇風機を当てれば、鳥肌が立つほどに涼しくなる科学の力。やみつきになって夏には欠かせなくなってしまった。

朝の畑仕事が終わった後で簡単にシャワーを浴びるので、起きぬけはこのくらいにしている。

Tシャツとジーンズに着替えて髪を結い、洗面所に行って歯磨きと洗顔を済ませた。最後は日焼け止めを塗ってキッチンへと向かった。

椅子に座った白沢は新聞を読み、かまいたちの兄弟はじゃれて遊んでいた。

『やっと来たか！ おせーよ智花！』

これでも急いだつもりだがお気に召さなかったらしい。ぷんぷんと怒るタケに、「ごめんね、お待たせ」と言って頭をなでる。

『タケ兄ちゃんは分かっていないでしゅ。女の子は色々と大変なんでしゅよ！』

マツが横から窘《たしな》めていた。ナカは『違いますよ、怠慢です』とタケ寄りだ。

ぎゃあぎゃあと言い合いをしている横で、白沢は慣れたように新聞に集中していた。その面影と落ち着きは、どこか亡き祖父を思い出させる。

「白沢さん、アイスコーヒーいりますか？」

「ああ、頼む」

昨日の夜に作っておいた、濃いめの珈琲《コーヒー》が入ったガラスポットを冷蔵庫から取り出した。

二人分のガラスのコップに氷を入れ、珈琲を注ぐ。氷がパキパキと小さな音を鳴らした。

最近少しずつ集めている数あるコースターの中から厳選したものを白沢の前に置き、その上にコップを置いて差し出した。

「ありがとう」

「どういたしまして」

今度は自分の分を注ぎ入れ、一口飲んだ。冷たくてほんのり苦い珈琲が美味《おい》しい。

ガラスポットを冷蔵庫に戻し、これまた作っておいたフルーツポンチが入った琺瑯《ほうろう》の容器を取り出す。

智花の手に琺瑯の容器が握られているのを見たかまいたち兄弟が、ダダダダダッと智花の足下に群がった。

「お仕事の前にデザート食べる子〜?」

三兄弟は一列に綺麗《きれい》に並び、息が合った仕草で『はいっ!』と片手をぴんっと伸ばした。

可愛すぎて智花の顔は緩みっぱなしだ。

小鉢三つに少しずつフルーツポンチを分け入れ、少し甘い炭酸ジュースをかける。天辺《てっぺん》にさくらんぼをトッピング。デザートスプーンを添えて渡した。

『ひゃ〜〜！　智花しゃんありがとでしゅ〜〜！』

「どういたしまして」

夢中で食べる兄弟が微笑ましい。そして珈琲の中身を見て、残りが少ない事に気付いた。

（午後にでもまた作ろうかな？）

頭の中で予定を立てながら珈琲を冷蔵庫に戻す。

コップを片手にテレビを点《つ》け、リモコンを操作してチャンネルを変えて天気予報の確認。

今日も一日暑そうだ。

「智花、今日はバイトか？」

「違います。しばらくバイトはお休みなので、買い出しに行こうと思ってます」

「荷物くらいなら持てる。付き合おう」

「え、あ……ありがとうございます」

白沢の叔父《おじ》であるハクエ曰《いわ》く、「タダ飯食いなんだからもっとこき使いなよォ〜〜」らしいが、白沢はイケメンなので一緒に歩いていると周囲の注目を浴びているような気持ちになって気が休まらない。

しかしお米などの重い荷物を軽々と持ってくれるので、非常に助かっているのも事実。

有り難いと思っていると、ふいに白沢がチラシを渡してきた。どうやら新聞に挟まれていた折り込みチラシらしい。

「ありがとうございます。なんだかもう私のルーティン分かってますね」

「さすがに慣れた。それに智花、今日のチラシでは鶏肉が安いぞ」

「え？　あ、ほんとだ！」

いそいそと買い物用のメモを取り出してボールペンを握る。めぼしい物を書き出していると、白沢が横からチラチラと覗《のぞ》き込んできた。

「カレーの材料になるか？」

「……チキンカレーかな？」

「そうか。楽しみだ」

毎週金曜日はカレーの日。その前の日に買い込むのはカレーの材料だ。

それに気付いたカレー好きの白沢は、こうしてカレーの材料となりそうなものをチラシで見ては智花に報告してくるようになった。

といっても今日は水曜日。カレーの日まではまだあるのだけれど、最近は仕込みや新しいカレーに挑戦しようと試しに作ったりするので、週のカレー日が増えていた。

美味しい美味しいと言って喜ばれると、つい作ってしまうのは流されているのだろうか。

『カレーでしゅか⁉』

カレーと聞いて一目散にマツがやってきた。続いて他の兄弟も『カレーか⁉』と飛んでくる。

「あ、明後日《あさって》だよ！　今日は餃子《ぎょうざ》の予定なの！」

『ぎょうじゃー！　ぎょうじゃもしゅきでしゅ——！』

『餃子か！　じゃあ仕方ねーな』

『仕方ありませんね』

「ふむ、餃子か」

さすが男子と言うべきか。

彼等の好きな物はとにかく肉が中心だ。カレーを筆頭に、ハンバーグ、餃子、焼き肉、唐揚げ、豚の生姜《しょうが》焼き、トンカツ。

他にはラーメン、オムライスに寿司にハムカツ、ご飯のお供が付いた和食などなど。そして意外に駄菓子に弱い。

(食べ盛りの男の子を持ったお母さんってこんな感じなんだろうか……)

智花は少し遠い目をする。言うまでもなく食費が一気に跳ね上がった。

すぐに気付いてくれたハクエが「食費を払わないとかだっせーぞ、諸君～～」と忠告したため、白沢から入金される額が増えたり、かまいたち兄弟のお手伝いが激化した。

時折ハクエもやって来て、結界の様子を見たり、かまいたち兄弟に「やっほーちびっ子達～～」とじゃれていたりする。

（甥《おい》っ子に会いに来た親戚《しんせき》のおじさんの図……）

想像が膨らんでしまい、智花は首を横に振って妄想を散らす。

ハクエは白沢の叔父なので言葉的には間違ってはいないが、妄想はかまいたちを白沢と智花の子として考えてしまったのだ。智花の顔がカーッと赤くなった。

「智花？」

「は、はい⁉」

白沢に呼びかけられて驚いた智花は跳び上がった。

「……大丈夫か？」

怪訝《けげん》そうな顔をする白沢に、「なんでもありません！」と誤魔化した。

「あっ、もう時間！　畑に行ってきます！」

慌てて作業用のエプロン、ガーデニングポーチ、マフラータオルを首に巻いて作業用の麦ワラ帽子を被《かぶ》る。

長靴に軍手をして外に出た。

『智花しゃ〜ん！　今日は何しゅるでしゅか？』

「今日は奥の方の草むしりとか間引きをお願いするかも。だいぶ茂ってたよね」

『はいでしゅっ！』

ビシッと敬礼で返してくれるマツの可愛さにノックアウトされながら、他のあやかし達とも挨拶《あいさつ》を交わしていく。

「おはよー！」

『おはよー』『おはよー』『おはよー』

黒い塊が智花の周りをふよふよと漂う。ひょこっと小さな動物達も顔を出してきて、智花は挨拶をしながら手を振った。

「そういえば棗《なつめ》の実を間引きしておかないと……」

棗は小さなリンゴのような果実が実る。大きさは掌《てのひら》の半分以下ほど。品種によってはその差は大きい。参鶏湯《サムゲタン》という料理に干された実がトッピングとして使われているのが有名だ。

収穫は九月過ぎだが、初夏に花を咲かせ、実は時間をかけて少しずつ大きくなっていく。熟れ過ぎると幹の栄養まで取られて来年の収穫に影響してしまうので、夏の間にいくつか間引きをするのだ。

　実が熟成すれば乾燥させてドライフルーツにして保管する。この乾燥させた物こそが「大棗《たいそう》」と呼ばれる漢方薬となる。

　大棗は身体を温め、緊張を緩和。疲労した消化器官を助けたり、腹痛を緩和させる作用を持つ。

　他にも棗は女性に嬉《うれ》しい作用が多い。鉄分や食物繊維が多いため、最近ではデトックスフードと呼ばれ、棗を乾燥させたナツメチップスや棗茶などが人気だ。

　間引きした青い実はジャムやコンポートにすることもあるが、あやかし達にも大人気でほとんど残らない。

　智花の庭の奥地はあやかしの世界と繋《つな》がっていると言われているため、あまり奥に入る事ができなかった。

　そのため、奥の方はあやかし中心に作業を手伝ってもらっている。棗の隣には小さな池のようなものもあって、そこにはガマの穂が所狭しと生えていた。

　このガマの穂の花粉も「蒲黄《ほおう》」と呼ばれる漢方となる。

　止血、利尿作用、鎮痛作用などに使われる。これは今まさに収穫時なので、夕方の作業時にでも収穫を手伝ってもらうつもりだ。

今は朝露で濡《ぬ》れているので、紙袋を被せると濡れてしまう上に花粉が上手《うま》く採取できない。

近くにはサラシナショウマと呼ばれる植物がある。こちらも夏から秋にかけて花が咲く。花に栄養が行くように若芽を摘んでおく作業がある。

摘んだ若芽は山菜として食す事ができるので、これはざるに採るのをマツにお願いした。

サラシナショウマの根を乾燥させた物が「升麻《しょうま》」と呼ばれる漢方になる。収穫時は根こそぎ抜いてしまうために種がとても大事なのだ。

発汗、解熱作用があり、風邪の初期症状などで処方される漢方によく使われる。


一通りの収穫をあやかし達にお願いした後は、智花は水やりだ。

夏の間は昼間に水やりをすると蒸発してしまうので、朝と夕方に水やりをしている。

この時季はとにかく茂るのが早いので、収穫も水やりも追いつかない事が多いが、みんながあれこれと手伝ってくれるので本当に助かっている。

水やりが済んだ後はハサミとざるを持って別の畑へと足を向けた。

こちらは家庭菜園用の畑だ。青々とした夏野菜が丸々と実っていた。

ピーマン、キュウリ、オクラ、ナス、ゴーヤ、トマト、シシトウ。大物スイカ。

他にも色々と植えているが、今収穫が見込めるのはこの辺だろうかと当たりをつける。

ちなみに白沢はゴーヤが嫌いだという事が最近分かった。

「スイカをいくつかみんなにと……あとサラダ用にキュウリとトマトかな？　葉物はどうしようかな。水菜のサラダにしようかな？」

大きめのざるを抱えて一通りの野菜を収穫した後は、キッチンに戻って使う分だけを氷水にさらしておく。

次に倉庫から一輪車を取り出して、スイカの収穫に乗り出した。

一つ一つぽんぽん叩《たた》いてみるが、いまいち熟れ時が分からない。この方法は祖父から教わったが、智花は理解できなかった。

祖父曰く、熟れていないのは響かず、熟れ過ぎていると音がぼやけるそうだ。この熟れ時の見極めは熟練の技だろう。智花には判断がつかないので、受粉日を明記したタグが茎に付けられている。

受粉からおおよそ四十日を目安にしているが、いつも甘くて美味《おい》しいスイカなので大丈夫だろう。

四つ収穫して一つをキッチンへ。他の物をガマの穂が生えていない別の池へと持っていく。

こちらの池は、神様のいる小さな社の横にあって、冷たい綺麗《きれい》なわき水で満たされている。

社の神様に一言断りを入れて、一つ一つ網に入れて池に浮かべた。昨日の夕方に収穫しておいたスイカが入った網と交換するのだ。

この冷たいスイカが、あやかし達へのお礼品となっている。

あやかし達はスイカが大好きなのでありがたい。ついでに塩も持っていくととても喜ばれる。

地域によってはスイカに塩を振る所と振らない所があると聞いた事があった。

智花は断然塩を振る派なのだが、周囲はそうではなかった。考えてみれば、カフェなどでスイカのデザートを食べる時とかは塩なんてかけない。

なぜだろう？と思っていたが、畑作業をする仙庭家の熱中症対策なのかもしれない。

「最近はソルティライチとかソルティレモンが流行《はや》っているのに、なんでスイカはダメなの？」

周囲から全否定を受けた智花はちょっと納得がいかない。

『智花ぁ――！　こっち終わったぞ――！』

『まったく、いつもあやかし使いが荒いですね！』

『智花しゃーん！　しょーまの芽摘み終わったでしゅ！』

マツは器用に若芽を摘んでくれ、ぷんすかしているナカは愛用の鎌を使って草刈りをしてくれたようだ。

タケは棗の間引きをしてくれたようで、間引きし終わった青い実を特権だと言わんばかりにボリボリと食べていた。

棗の青い実を食べているのに気付いた他のあやかし達が、タケの持つざるにわらわらと群がっている。

「みんなありがとう！　スイカ配るね～～！」

『しゅいか――！　しゅいかでしゅよ――！』

マツはショウマの若芽が積まれたザルを背伸びをして「よいしょ」と近くの棚に置くと、スタタタタと走って周囲のあやかし達に向かって触れ回ってくれた。

智花はスイカを切り分けて、一列に並ぶあやかし達に配っていく。塩は袋で用意して、ざっと大皿の上に多めに盛った。

各々が好みの量で塩を振っているのを見て、智花も端っこの一つに塩を振って食べた。

「んーっ」

ちゃんと甘かったので胸を撫《な》で下ろした。スイカは必ずハズレが出るとも言われているので、ちゃんと熟しているかいつも緊張するのだ。

「みんなありがとう」

智花がそうお礼を言うと、あやかし達は嬉しそうに頷《うなず》いた。

かまいたちの三兄弟は一列に並んで種飛ばし大会をしていた。やはりこういう勢いが強いのはタケのようで、一番遠くに飛んだと喜んでいる。

他のあやかし達も真似をし始めている。智花は後日、ここにスイカの芽が一斉に出そうだと笑った。

簡単な片付けを済ませ、生ゴミはいつものコンポスター担当のあやかしへとお願いして智花は先に部屋へと戻った。

「はー……。あっつ～い」

外に比べて薄暗い古民家の中はひんやりとしている。キッチンに戻って冷蔵庫の麦茶をグラスに入れてごくごくと飲んだ。

一汗かいた後の麦茶の美味しさ。顎《あご》に伝う汗をタオルで拭《ふ》いていると、白沢が気付いて声をかけてきた。

「お疲れ様」

「ありがとうございます。白沢さんも麦茶いりますか？」

「もらおう」

智花は新しいグラスを取ってコポコポと注ぐ。隣にいた白沢にそのまま渡した。

「ありがとう」

「いえいえ。ちょっとシャワー浴びてきますので、ご飯はもう少し待ってもらっても良いですか？」

「ああ。すまないな」

「こちらこそすみません。昼ご飯の後で今日の分の薬草お渡ししますね」

「ああ。助かる」

麦茶のポットを冷蔵庫に戻し、智花は急いで着替えを持って洗面所へと向かった。ほとんど水に近い温度で身体を洗うと、とてもスッキリする。

ドライヤーを使うと暑くて嫌だが、タオルドライのまま事務所へは入れないので、扇風機を最強にして我慢する。

でもすぐ我慢できずに冷風のスイッチを押してしまう。最近、お昼の通販番組で熱くないドライヤーだとかイオンが出るとかいう商品をタイミング良く見てしまって欲しくなっていた。

（これが壊れたら考えようかな……？）

そんな事を考えている間は絶対壊れないと分かっているのに、いつもそう思ってしまうのだった。

＊

昼は簡単に水菜のツナサラダと冷やし中華にして、白沢に頼まれていた分の納品を済ませた。

最近は腹痛や消化不良の薬草がよく注文されている。あやかしの世界でも夏バテが流行っているのだろうか？

「買い物は何時に行くんだ？」

納品用の薬草を籠《かご》の中に納めながら、白沢が質問してきた。

「これから蒲黄を収穫するので夕方……十八時過ぎの予定です。暑いし日が暮れてからの方がいいかなって思ってます」

「分かった。十七時までに帰る」

「ありがとうございます」

門まで見送ろうとしたら、白沢の携帯が鳴った。

「……何の用だ」

最近、ガラケーを使いこなすようになった白沢に、智花は心の中で感動している。白沢は先々週くらいからメールを覚え、一言二言送れるようになった。目の前でメールのやり取りをしては「送れたか？」と智花に確認させる。ちゃんと送れていると携帯の画面を見せると、白沢はやればできるだろうと言わんばかりに満足気な顔をするのが面白い。

「はぁ？」

怪訝《けげん》そうな声が白沢から発せられた。何かあったのかと少し心配していると、電話のスピーカーから微《かす》かに楽しそうな声が聞こえてきた。

『お前親父に言ってなかっただろ。家出したって捜されてるぞぉ――――！』

「家出？　誰がだ」

『お前だよぉ――――！』

そう言って電話の相手が大笑いしている。この笑い方はハクエだろうかと智花が思っていると、白沢は携帯を耳から遠ざけてうるさそうにしていた。

『とにかく親父に説明してくるからどこにも行くなよ。じゃねーと親父がやって来るゾォ

～～！』

「ゲッ」

白沢が心底嫌そうな顔をしている。隣にいた智花はそんな表情を初めて見たので驚いた。

白沢は忌々しげに通話を終え、溜息《ためいき》を吐いている。

「……どうかしたんですか？」

智花が心配そうに聞いてみると、少し言い辛《づら》そうにしていた白沢は観念したように言った。

「……しばらく家に帰っていなかった」

「誰がですか？」

「俺だ。俺は家出していたらしい」

「えっ」

えええええええ!?　と智花の叫び声が玄関で響いた。

とりあえず白沢は家へと逆戻りすることになった。その背中がどこか落ち込んでいるように見えて智花はどう声をかけていいか分からない。

キッチンへと戻って智花はコップにアイスコーヒーを二人分注いだ。戸棚からクッキーが入った缶を取り出して、お茶請けとして数枚だけ小皿に盛りつける。

椅子に座った白沢の前に、アイスコーヒーとクッキーを置いた。

「ありがとう」

「いえ、ところで急いで帰らなくて大丈夫なんですか？」

智花は電気ケトルに水を入れ、お湯を沸かす。アイスコーヒーがなくなりつつあるので、次の分を作っておこうと思ったのだ。

「ハクエが説明に行くと言っていたから大丈夫だろう」

「今日の納品は……？」

「夜に行く。少ししたらハクエが来るかもしれない」

白沢の言葉を裏付けるように、智花の携帯にメールの着信音が鳴った。タオルで手を拭いて携帯を取り出すと、送り主はハクエだった。

「ハクエさんだ」

「む……何か言っているか？」

「えっと……ごめん、甥《おい》っ子が外出しないように見張っててくれる？　迎えに行くから……だそうです」

ちらりと白沢を見ると、どこか遠い目をしていた。

智花もどこか腑《ふ》に落ちずにいると、深い溜息をこぼした白沢も同じように考えていたらしい。

「俺が逃げるとでも思っているのか?」

「逃げるんですか?」

「……逃げたい」

「ハクエさん、分かってるじゃないですか」

くすくすと笑う智花に、白沢は居心地が悪そうにしながらアイスコーヒーをぐっと呷《あお》った。

お湯が沸く間に智花は別のガラスポットとドリッパーをセットする。フィルターをセットして、ミルで豆をごりごりと挽《ひ》いていると、白沢が横から「貸せ」とミルを引き取った。

一気に挽かれていく豆を横で見ながら、智花はお礼を言った。

お湯が沸騰する音がして、智花は電気ケトルの電源を切った。ミルから挽き終わった粉を取り出して、セットしたフィルターにざらざらと入れていく。

お湯をゆっくり注いでドリップしていくが、湯気が熱くて少し顔を遠ざけていた。

白沢は外部のあやかしから智花を守るためにここにいる。智花が気がかりで家に帰るのをすっかり忘れていたのかもしれないと思い至った智花は、自分が謝らないといけないと思った。

「あの、白沢さんがここにいるのは私のせいなので、私も謝ります」

「何？」

智花の言葉に白沢が驚いた顔をしていた。智花も「あれ？」と小首を傾げる。

「白沢さんがここにいるのって、あやかしから……守るというか、えっと、この庭を守るためですよね……？」

直接「目が離せない」と言われたが、智花は恥ずかしくてその辺は逸《そ》らしてしまった。

白沢は気付かず、「それもあるが……」と何やら渋面になっている。

「他に何かあるんですか？」

「……ここは居心地が良すぎる」

「えっ」

「飯が美味《うま》い」

「うっ」

「それにわざわざ家にいるよりも、ここから納品すれば楽だろう。帰る必要がなかった」

「………ソ、ソウデスカ」

白沢は平然と言っているが、智花はいっぱいいっぱいになっていた。

居心地が良いとか、ご飯が美味いとか、智花にとってとても嬉《うれ》しい褒め言葉だ。

（ダメダメダメ、考えちゃダメ）

諦《あきら》めた初恋の相手。考えてはいけないと思っていても、頭が勝手に考えてしまう。

白沢の態度を見て分かるとおり、白沢には智花に対してそんな想いなどつゆにもない。

（心臓に悪いなぁ……）

気にしないようにと思いながらドリップに集中していると、ふと弘義《ひろよし》の顔が浮かんだ。

五鬼上《ごきじょう》弘義。智花のバイト仲間で二つ上の彼から、智花は少し前に告白されている。考えて欲しいと言われているが、実はまだ返事をしていない。

というのも、ここしばらくバイト先のカフェが週末限定営業の半休業状態になっており、シフトがずれて会わなくなったからだ。

オーナー夫婦に子供が生まれ、今は二人で手分けして子育てに集中している。シフトには、入りたい人が優先的にという話になり、智花は別に困っていなかったのと、最近のあやかし事情もあって夏の間はほとんど休む事にした。

弘義と何気ないメールのやり取りはしているものの、会わないせいか智花の中で告白されたという実感が日が経つにつれてどこか遠くなっていった。

智花の目から見てもあんなにモテる弘義から告白されたなど、未《いま》だに夢じゃないかと思う事もある。

弘義も愛車の維持費を払うために夏限定で塾の講師としてバイトを始めて忙しそうなので、わざわざ会おうと言うのも気が引けた。

メールじゃなくて、会ってちゃんと話をしなければならないというのに、気付けばすれ違いの毎日だ。

（あれ、そういえば久しぶりにシフトが入っていたような……？）

しばらくバイトに行っていなかったりすると、日付の感覚がどうにも怪しくなる。

白沢に渡す薬草があるので曜日はちゃんと頭に入ってはいるが、フリーターになってからというもの、どうにも日付に弱くなった気がする。

内心で慌てながら電気ケトルを流しに置き、抽出が終わるまでの間に携帯の暗証番号を打ち込んでスケジュール表を開いた。

カレンダーから日付をタップすると、その日の予定とシフトのメンバーが書かれている表が現れる。

（危ない、シフト明後日《あさって》だ！）

弘義のことが頭をよぎった。きちんと返事をしよう。そう考えていると、ちょうど門の呼び鈴が鳴らされた。

「はーい」

パタパタと廊下を足早に急ぐと、少し遅れて白沢もついてきた。

モニターで確認するとやはりハクエだった。その後ろになにやら人影が見えた気がしたが、智花は門のオートロックを開けて中へどうぞと促した。

引き戸の玄関を開けると、そこにはハクエと、ハクエそっくりで、さらにハクエよりも二回りほど体格の大きいおじさんがいた。身長もハクエより頭一つ分大きい。

「は、はじめまして……？」

着流しの渋い着物、下駄。しかし着物から見える腕は筋肉質で太く、顔も彫りが深くて厳《いか》つく、白ヒゲがとても似合っていた。ダンディという言葉がしっくりくる。

年齢的にも六十代くらいだと思われる。すぐ横にいるハクエと顔がとてもよく似ていたので、親族の方なのだろう。

「ゲッ！」

後ろにいる白沢から潰《つぶ》れたような声が聞こえた。

白沢と智花の顔を交互に見たおじさんは、次の瞬間憤怒の表情で白沢に向かって怒鳴った。

「心配してみればこんのスケコマシがぁああ〜〜！」

「ぶほっ」

横にいたハクエが吹き出した。

「チッ、うるさい爺《じい》共が来た」

白沢は両手で両耳を塞《ふさ》いでおじさんの声を聞こえないようにしている。表情はしれっとしているので、このやり取りは日常茶飯事なのかもしれない。

しかし智花はついていけない。困惑した顔でおろおろしていた。

「ぶふっ、智花ちゃんごめんね……うちの甥っ子が……スケコマシ……ぶふふっ」

腹を抱えて大笑いしているハクエはなんとか笑いを堪《こら》えようとしては失敗していた。

(スケコマシって何だっけ？　あまり良い言葉じゃなかったような……)

呆気《あっけ》にとられつつもそんな事を考えていたら、おじさんがくるりとこちらを向いて名乗った。

「嬢ちゃんすまなんだ。わしはこやつの祖父でな。サワという」

「仙庭智花と申します」

智花も名乗りお辞儀をすると、サワは「ええ子じゃのぉ～」と頬を緩めた。

「でしょぉ～」

なぜかハクエが自信満々に返事をしているのだが、あまり突っ込まないようにしようと思った。

「あの、ここではなんですので……こちらへどうぞ」

智花は来客用の事務所へと促した。

第二章　ハクタクのサワ

事務所は薬草の管理のために一定の温度と湿度に保たれているので、一年中快適だ。

ハクエが事務所に入るなり、「ああ～涼しいィ～～」と言って脱力している。

事務所のソファーへと促して飲み物を取ってこようとすると、すかさずハクエが注文してきた。

「智花《ともか》ちゃんの珈琲《コーヒー》が飲みたいな～～」

「アイスコーヒーで良いですか？」

「もちろん！　ブラックで！」

「はい。お連れ様はどうなさいますか？」

ついバイトと同じ対応をしてしまったが、智花と目が合ったおじさんはなぜか背筋をピンッと伸ばしてじっとこちらを見つめてきた。

「なんてできた娘さんじゃ……このバカ孫が……ご迷惑を……クッ」

急に目頭を押さえて涙を堪える仕草をしている。困惑しながら白沢《しらさわ》の方を見ると、チベットスナギツネのような遠い目をしていた。

「親父、飲み物」

「白湯《さゆ》じゃ！」

「お湯でいいってェ～」

「は、はい。白沢さんはどうしますか？」

「俺はさっきのでいい」

「アイスコーヒーですね。少々お待ち下さい」

久しぶりに湯飲みを出さないと、と思いながら智花はキッチンへと向かった。

智花が去ってから、サワは腕組みをして向かいに座っている白沢を睨《にら》み付けていた。

「心配してみればお前という奴はまったく！　一人暮らしの娘さんの家に理由をつけて転がり込むとはどういうつもりなんじゃ！」

ぷりぷりと怒ってはいるものの白沢が無事だったと分かったのもあって、安堵《あんど》を通り越して呆《あき》れているらしい。

白沢は以前、実際に下界に落ちて怪我をしてしまい、捜された事があるので何も言えなかった。

「ほんと珍しく親父から連絡来てびっくりよォ〜。いつもいるとは思ってたけどまさかずっと入り浸ってたなんて思わなかったわァ〜」

ニヤニヤと笑うハクエに白沢はずっと渋面のまま黙り込んでいた。そんな様子の白沢を見て、サワは溜息《ためいき》を吐く。

「事情は聞いた。さっきの娘さんが緑王の手を持っているとは本当か？」

「……ああ」

「なんとのう。このような時に……」

片手でヒゲを撫《な》でながら考えこむサワに、白沢は嫌な予感がした。

「何かあったのか？」

「ふむ」

サワは白沢の方をじっと見つめ、「どうするかのう」と言いながらニヤッと笑った。

サワとハクエが隣同士で座っているため二人の顔が白沢の視界に入ってくるのだが、この二人は本当に顔から性格にいたるまでそっくりだと改めて思う。

「お前さんがずっと戻ってこないからてっきり巻き込まれたと思っておったんじゃが、こんな所でぬくぬくとしておるとは……。わし、イラッとしたぞい」

「親父、過保護になってないでそろそろ甥《おい》っ子も独り立ちさせたらどうよ。ここなら甥っ子もドジっ子フォローできるでしょ〜？」

「かーっ！　いたいけな娘さんになんたる負担をかけようとしとるのか！　このばかちん共がっ！」

サワがハクエの頭を叩《たた》いた。「いてっ」とハクエが叩かれた頭をさすっている。

丁度その頃、こちらへ近付いてくる智花の足音がして、一同は一旦《いったん》黙った。

「お待たせしました」

カフェで接客をしていて良かったと思うのは、こういう時の流れが自然にできるようになった事だ。

湯飲みに入った白湯をサワの前へ、ハクエと白沢には氷を浮かべたアイスコーヒーを置いた。

「なんじゃその飲み物は⁉　真っ黒じゃの⁉」

アイスコーヒーを見てサワが叫んだ。ゲテモノを見るというよりも、興味津々という顔だ。

「アイスコーヒーだよ。美味《おい》しいんだァ〜〜」

それよりも冷たい飲み物が美味しいのだろう。ハクエは一気に呷《あお》っている。

お盆を持ったままの智花にも座るようにとサワが促して、智花はお盆を薬草棚の脇にあるカウンターの上に置いてから白沢の隣に座った。

「嬢ちゃん、ほんまにすまんかったのう。うちの孫が世話んなった」

「あの、白沢さんはここを守って下さっていたので、そんなに怒らないで下さい」

「そんなんいくらでも方法あろうて。かれーっちゅうの目当てでここに居座っとるのは分かっとるんじゃ」

「ぐっ……」

言い訳ができないとばかりに呻《うめ》き声が隣から聞こえてきた。智花は本当に？　と、思わず白沢を見ると、白沢と目が合ったと思ったらすぐに逸《そ》らされた。

「甥っ子が照れてるぅ～あっはっはっ！」

「いやはや、なんとのう。おなごっ気がないと思っておったら……」

「黙れ」

白沢から辛辣《しんらつ》な言葉が出るが、それを見たサワとハクエはお互いの顔を見合わせてプフーッと笑った。

あまりにその一連の動作がそっくりで、智花は感動すら覚える。

確かにさきほど白沢自身にも飯が美味《うま》いとは言われたが、少なからず世辞が入っていると思っていた。

さすがに鈍いと言われる智花も自覚しだす。じわじわと顔を赤くしていると、サワとハクエが微笑ましそうに見ていた。

「は、恥ずかしい……」

両手で顔を覆い隠すと、その仕草もサワとハクエには微笑ましく映っていたようだ。

「まあ、そんなわけでこの甥っ子は多方面に心配かけてたんだよぉ。ほんとしょうがないよね。ごめんね、智花ちゃん」

「いえ、私の方こそ……」

「甥っ子が強引に居座ってるのは知ってるよぉ～。ここのあやかし達がそう言ってたからね」

「おい」

「あ、あはは……」

そういえば、いつの間にかここに住むと事後報告されたのを思い出した。ここにはあやかしがいっぱいいるのだから、一人増えても変わらないだろうと押し切られたのだ。

「……帰ればいいんだろう、帰れば」

半ばやけくそ気味に白沢が言っている。これだけ心配をかけていたのだからそれは仕方ないと思っていれば、なんとサワが「今はダメじゃ」と一蹴《いっしゅう》した。

「は？」

これには白沢も怪訝《けげん》な顔をした。どういう事だと聞けば、今あやかしの世界ではとある事件が起きてピリピリしているらしい。

「ちょっと困った事になってのう。水の上達《みずのかみ》が暴れておるんじゃ」

「みずのかみ……ですか？」

智花が首を傾げると、ハクエが教えてくれた。

「水の神様というか、水を司《つかさど》っている大蛇がいるんだけどね、陣地争いで暴れまくって薬草畑を荒らした上に、よりにもよって薬草を育てている池に居座っちゃって」

「な……」

あまりの事に白沢も目を見開いていた。

薬草畑は半分ほどが壊滅。それよりももっと深刻だったのは、水の上が居座った池だった。

この池のわき水を薬草畑の水やりや薬の材料として利用していたから、大変深刻な事態になっているという。

さらに傷ついた水の上の傷口から血が止めどなく溢《あふ》れ、それが毒となって広がっていた。

「それに今こっちに甥っ子が帰って来たらやばいんだよォ～。傷を癒《い》やす薬をよこせって他の水の上達が俺達を捕まえようとして一触即発よ。水の上もお前を捜していたそうだし、お前が帰って来ないからてっきり捕まったんじゃないかって大騒ぎになってたんだぞォ」

「なんで俺を？　いや、そんな事になっていたのは知らなかった。……すまん」

「無事なら良いんじゃ。じゃからしばらくこっちに戻って来るのはならん」

「それでここから動くなと言ったのか」

白沢が帰れば行き違いになるのかと思いきや、予想外の事態に発展していたのだ。

サワは白湯を、ハクエ達もアイスコーヒーを飲んで一息吐けば、本題へと向かった。

「水の上がお前を捜しているそうじゃが、なんぞ心当たりあるんか？」

「俺は知らんぞ」

白沢が心当たりはないと一蹴したら、ハクエがしれっと横から言った。

「甥っ子が持ってくる薬が性能が良いって噂になってるからじゃない？」

智花と白沢がお互いの顔を見合わせ、智花は青ざめた。

「なんじゃ！　お前知っとんたんか！」

「そこまで説明する時間なかったでしょォ――!?　結界に阻まれて甥っ子の気配が分からないってすぐこっちに来たんじゃ～ん！」

サワとハクエがぎゃいぎゃいと言い合いをしている。それを聞いて智花が震える声を発した。

「わ、私のせいで……？」

「違う」

すぐに白沢が否定した。それはサワ達も同意した。

「嬢ちゃんの一族には昔から孫に薬草を卸してもらっておったじゃろ？　嬢ちゃんのせいじゃないぞい」

「そうだよォ〜智花ちゃん。たぶんかまいたち辺りなんだよねェ〜」

「あれか」

白沢が忘れていたと呟《つぶや》いた。

「まさかマツちゃんが取られたって言ってた、最初に作った薬ですか？」

以前、智花が手伝って一緒にかまいたちの傷薬を作った事がある。他に手伝った薬は、弘義《ひろよし》の祖母である義乃《よしの》に渡した。その薬があやかしに渡ったとは考えにくい。

だとすれば一番初めにマツ達と一緒に作った薬が噂の出所と思われる。

タケとナカが白沢の所に薬草があったとほかのかまいたちに喋《しゃべ》ったとは聞いていたが、それが回り回って水の上の耳に入ってしまったのだろう。

かまいたちも傷薬を常備しているので、水の上は手当たり次第にハクタク以外の薬も集めようとしていたのかもしれない。

「その薬の原材料は甥っ子の所が出所だって水の上に話したんじゃないかなって思うんだ。じゃなきゃ水の上がわざわざ甥っ子なんて用もないのに捜さないでしょ？」

「またあいつらか」

かまいたち三兄弟が暴れて薬不足に陥り、色々と振り回された経緯があるだけに白沢の怒りがかまいたちへと向かってしまったようだ。

「白沢さん、マッちゃん達はずっと家にいましたから違いますよ！　以前マッちゃんの薬を没収したお家の人達じゃないでしょうか？」

「たぶんそうだろうねェ～」

「じゃからのう。嬢ちゃんにお願いがあるんじゃ」

「は、はい」

「しばらく孫を預かってくれんかの。水の上の傷が落ちついたらこやつに用もなくなるじゃろうて」

「そういうご事情でしたら……」

「おい！」

白沢が慌てて智花の肩を押さえて止めた。智花達は驚いた顔をしていたが、サワの方を見て白沢が苦々しく言った。

「俺がここにいたら智花にも害が向くかもしれんだろうが！」

「いやん。甥っ子ってば、いつからそんな気を遣えるようになったのォ？」

「茶化すんじゃない。俺を捜してここが水の上にばれたらどうするんだ。畑も何もかもめちゃくちゃにされるだろ。何より智花を危険に晒《さら》す気か!!」

「白沢さん……」

激怒する白沢の言葉に、サワは気軽に考えていたと智花に謝罪してくれた。

「確かに水の上は水を通して色々な所に現れるからねェ」

「だったら……！」

「でもねェ、ここ以上に安全な場所なんて今はないんだよォ。甥っ子がここの庭の池とか、そういう所に入らない限りね」

「………」

「下界の水は濁りすぎて弱っている水の上にとっては毒でしかない。結界も張っているし、ここが一番安全なんだよォ」

「なんせわしがお前さんの気配が分からんかったくらいじゃからの。ここの結界はえらい

言った。

サワがハクエの言葉に同意した。それに対して、智花も白沢に「ここにいて下さい」と言った。

「白沢さん、私が手伝った薬が原因であることも事実なんですよ。ぜひともここにいて下さい。それにお互いが心配になるくらいなら、目の届くところに一緒にいた方が良いじゃないですか！」

ねっ！と笑いかけると、白沢は黙り込んでしまった。

「なんてええ子じゃ……」

「うう……智花ちゃんありがとねェ〜〜」

サワとハクエが涙を拭《ぬぐ》う振りをしている。演技のようにわざとらしいので嘘泣きだとは思うが、この二人は本当に行動が似ていて智花は思わず苦笑した。

「なんじゃったらわしもここに住んで嬢ちゃんを守っていいぞい！」

「なんでじいさんまでここに来るんだ。余計なお世話だ！」

邪魔されてたまるかと言わんばかりに噛《か》み付く白沢に、ハクエがきょとんとしながら言った。

「元々お前も余計なお世話だって思わないわけ？　智花ちゃんの優しさにつけこんで入り

浸ってるだけでしょォ〜?」

その発想はなかったようで、白沢は慌てて智花の方へ向き直った。

「め、迷惑だったのか……?」

神妙な顔をする白沢を見て、サワとハクエ、そして智花も吹き出した。

「甥《おい》っ子〜今さらそりゃないでしょォ〜!」

「お前という奴はほんまにもう」

智花も肩を揺らしてクスクスと笑っている。

「にぎやかで楽しいですよ。みんなもいますし」

智花の返事を聞いてホッとした顔をした白沢に、サワは顎《あご》に手を当てて何やら唸《うな》っていた。

「うーむ。これも天命なのかもしれんなぁ」

「え?」

「いやいや、なんでもないぞよ。じゃあわしはもうちょっと周辺の結界を強化しとくかの。バカ息子の結界だけじゃ物足りん」

「はあああ〜!?　甥っ子の気配すら分からなかったくせにィ〜!　ねぇねぇ智花ちゃん、うちの親父酷《ひど》くない!?」

「ほっほっほっ！」

「騒がしい」

賑《にぎ》やかな二人に冷静に浴びせる白沢を見て、智花は微笑んだ。智花には家族と呼べる人達がもういないので、この風景は少し羨《うらや》ましくなる。

「嬢ちゃん、良かったら庭に案内してくれんかのう。噂の庭を見てみたいんじゃ」

「良いですよ。こちらからどうぞ」

サワの希望通りに、智花は庭を案内する事になった。

家の庭の探索ついでにハクエは結界に綻《ほころ》びが生じていないか確認していた。

サワとハクエが門から入った辺りから、家の中がとても静かなことに智花が気付いた。

最近のかまいたち兄弟はハクエには慣れてきたものの、サワの気配に驚いてみな逃げ出していたのだ。

智花はあやかしの皆が、来客に気遣って出てこないようにしてくれているのだと思っていた。

特に気にするでもなく、智花は畑へと案内して植えられている物を一つ一つ説明していった。その度にサワは大騒ぎしていた。

「嬢ちゃん素晴らしいな！」

「ありがとうございます。みんなが手伝ってくれるから本当に助かってるんです。一人じゃここまで管理できませんから」

「そうかそうか。それでも素晴らしいぞい。どっかの誰かさんに見習わせたいのぅ」

一生分、褒められた気がするくらい褒められた。くすぐったくて智花が照れ笑いをしていると、顔が緩んでいるぞと白沢が不機嫌になっていた。

「白沢さん？」

「気にしなくて良いよ智花ちゃん。親父がここを気に入ったのが甥っ子はちょっと気にくわないんだ。自分のテリトリーだからね」

「そうなんですか」

自分のテリトリーが褒められれば嬉《うれ》しいものではないのだろうかと思ったが、白沢は違うのだろう。

その辺りはよく分からなくて首を傾げるだけだったが、最後に到達した場所に意識が逸《そ》れた。ここは以前白沢に仙桃だと言われた桃の木がある場所だったからだ。

いまだに沢山の実をつけているので、一面に広がる仙桃は圧巻の一言だった。

案の定、サワは口をあんぐりと開けて驚いた。

「ふぉおおお――！　ほんまかいの――！」

「そうなるよなぁ。俺もすんごいビックリしたしぃ～」

「嬢ちゃん凄《すご》いな――！」

「庭を褒められて嬉しいです。ありがとうございます」

「孫――！　お前さんばっかずるいぞい。わしもここ住みたい」

「誰が住まわせるかッ！」

「あはははっ！　ウケるぅ!!」

ハクエはお腹を抱えて大笑いしている。

「なんという光景じゃ……信じられん」

「甥っ子が頑張って守り続けているからねェ。もう独り立ちさせて良いんじゃないのォ」

「むむむ……」

片手でヒゲを弄《もてあそ》びながら、何やら考えこんでいた。

「嬢ちゃん、ここの桃はいつまで生《な》るんじゃ？」

「天候にもよりますが、大体五月から十月頃まで生ってます。不思議だな～って思ってたら仙桃だって聞いて納得しました」

「なんと……」

「それほんと？ すごぉ〜い」

「仙界の仙桃すらそこまで生らん。なんという……いやはや爺《じい》はびっくりしたぞい」

「そうなんですか？」

「この庭の桃は特別だ。長年、仙庭《せんば》家の者が手塩にかけて育てていたのだから」

この桃だけは他のあやかし達は手伝うのを嫌がる。そのため智花が少しずつ一人で剪定《せんてい》や収穫を行っていた。

不思議と虫も寄ってこないため、とても大ぶりで綺麗《きれい》な桃が出来上がるのだ。最近では白沢も手伝ってくれるため、とても助かっている。

智花はこの桃を定期的に義乃の許《もと》へ持って行っていた。桃は時期があるので、義乃は全て大切に食べるために専門の業者に依頼して、厳重な管理の下で様々な加工品にしているようだ。

この間は「飴《あめ》を作ってみたの！」と、とても美味《おい》しい桃味の飴を頂いた。その他、大体の物は缶詰や瓶詰めに加工していると聞いている。

義乃が作った加工品は全て、義乃と弘義だけが消費しているそうだ。

「確かにこの桃の存在がばれたら一気に荒らされるのう。孫が嬢ちゃんを隠したがるわけじゃ」

サワがうんうんと頷《うなず》きながら、一人で納得していた。

智花はこの沢山の桃を消費しようと、最近ではデザート作りにハマっている。フルーツポンチもその一つで、食後のデザートに出したところ、一目見た白沢に吹き出された事もあった。

かまいたちの兄弟がたくさん食べてくれるので、タルトを作ってみたりととても楽しく消費していたのだが、これは言わない方が良いのかもしれないと智花は口を噤《つぐ》んだ。

ちらりと白沢の方を見ても、余計な事は言うなと小声で忠告してくる。

「桃は後でお包みしますね」

「なんと⁉　良いのか？」

「はい。皆さんで食べて下さい」

「それはありがたい。しかしのう……こんな桃を出したらどうしたんじゃと婆さんに怒られてしまうのう」

「あ、そうですか……」

「それにむやみに持っていって水の上にばれたら大変じゃ。この桃を一口でも食べられてしまえば、水の上はどこで作られたのか分かってしまうからの」

「そうなんですね……ごめんなさい」

「いやいや、嬢ちゃんが気にせんでええんじゃ。状況が悪かっただけじゃて。落ちついてまだ残ってたら欲しいがの」

「分かりました。では後で冷やした桃を家でお出ししますね。ぜひ食べて帰って下さい」

智花が機転を利かせれば、サワとハクエはとても喜んだ。

「かーっ、うちの孫はこれを食い放題か!? わし、やっぱここ住むぞい」

「婆さんに言いつけるぞ」

「それはやめるんじゃ！　婆さんは人間よりも怖いんじゃ――！」

そう叫ぶサワを見て、「尻《しり》に敷かれているンだよォ～」とハクエが教えてくれた。

「じゃあ、わしと息子は結界の強化をするかの」

「ありがとうございます」

「いやいや、うちの孫がいつもお世話になっとるんじゃ。ありがとう」

智花とサワは、お互い深々とお辞儀をしていた。

「じゃあ、私はこれから蒲黄《ほおう》の収穫をしますので、あちらにいますね」

「そうかい。じゃあぜひ孫をこき使ってくれ」

「え、甥っ子使えんの？」

「育てる以外ならできる」

「自信満々に言う事じゃないでしょぉ～！」

ゲラゲラ笑いながらハクエとサワは智花に手を振って別れた。

智花が長靴などのレインウェアを用意して池に入る準備をしていると、白沢が代わりにやろうと言いだした。

「白沢さんはダメです！　庭の池とか入っちゃダメって言われたじゃないですか！」

「む……」

絶対にダメだと智花は頑として譲らない。

「それにこの池、ちゃんと作業しやすいように作られているんですよ。細長い池の中は横幅に浅い場所と深い場所が交互にあって、でこぼこしてるんです」

「そうなのか……？」

「はい。深いところのガマの穂はあやかし達が手伝ってくれるので大丈夫ですよ」

智花は手慣れた手付きで長い板なども持ってきて池の端から対岸の端に橋のようにかけた。

白沢はその板の上に立つのは心許《こころもと》ないのではと思っていたが、どうやらその上に立つのではないらしい。

「その板は？」

「疲れた時の椅子と仮の物置き場にするんです。この池、細長いからこうするととっても便利なの」

「なるほど」

「おじいちゃん、腰が悪かったから」

昔はこの板にふたりで腰掛けて作業をしていた。祖父とひとつひとつ、丁寧に採取していくのはとても楽しかった。

ガマの穂に紙袋をかけて口を輪ゴムで留めていき、その穂を茎から切っていった。出来上がったのはまるで、棒の先が袋で覆われた小さなわたあめのようだ。

刈り取った穂をまとめて逆に持ち、袋を下にして振るとかなりの量の花粉が出る。後で紙袋を裂き、そのまま広げて乾かすのだ。

風が吹けば花粉が飛んでしまうので、広げる時はサンルームでマスクを着用して気を付けなければならない。

全て刈り取るわけではなく、所々まばらに穂を残していた。これは来年用の種となる。

「信吉《しんきち》に教わったのか」

「はい」

智花は慣れた手付きですいすいと作業を進めていく。暑い日差しの中、日焼け対策はしているが、その分厚着のために余計に熱がこもる。

つうっと顎《あご》を伝う汗が不快ではあるが、首に掛けていたタオルがすぐに吸い取っていった。

板を移動させる時と、刈り取った穂の回収は白沢が手伝ってくれた。

「ありがとうございます」

「これくらい気にするな」

ちょっと得意気な顔をしている白沢に、智花はくすくすと笑った。

直接植物と関わる作業になると、とたんに不器用になってしまう白沢ではあったが、荷物持ちくらいはできた。智花にとっては、それだけでも大助かりだ。

しばらく作業を続けると、大きなざる山盛り四つ分程の穂が収穫できた。この辺でやめようと池から上がることにする。

「もういいのか？」

「はい。七月に入ったあたりから少しずつ作業はしていたので。あとは来年用の種にします」

「そうか」

藻に足を取られながらも何とか上がろうとすると、白沢から手を差し伸べられた。

「掴《つか》まれ」

「ありがとうございます」

ぐっと力強く引っ張られる。ひょいっと上がったと思ったら、長靴が片方脱げてしまった。

「ああー」

智花は慌てて手を伸ばして長靴を引っ張った。ガマの根に引っかかっていたらしい。ずぼっと抜けると泥が撥《は》ねてしまったようで、白沢の甚平のズボンにびしゃっとかかってしまった。

「あああごめんなさい！」

「だ、大丈夫だ」

「白沢さん、お風呂《ふろ》へどうぞ！」

「いや、庭の水で洗い流せばいいだろう」

「ダメですダメです！　何が起きるか分からないんだから庭はダメ！」

確かに少し過剰かとも思ったが、何が原因となるかも分からないのでとにかく白沢を風呂場へと追いやった。

「智花ちゃ〜ん、終わったよぉ〜〜」

「あ、ありがとうございます！」

「あれ、甥《おい》っ子はどうしたの？」

「ガマの穂の池から出る時に泥をかけちゃったんです。今お風呂へ行ってもらいました」

「あはは、相変わらずドジっ子だなァ〜」

「なんと情けない」

「私がかけちゃったんですよ――！」

「避《よ》けられもせん孫が悪いんじゃ」

呆《あき》れるサワ達を宥《なだ》め、二人を事務所へと案内した智花は、少々お待ち下さいとお願いした。

「お飲み物はどうしますか？」

「あ、じゃあアイスコーヒーおかわりしてもいい？」

「はい」

「むうう。わしもそれが欲しいのう」

「……親父には早くない？」

「息子が酷《ひど》いぞい」

「いや、慣れないと苦い飲み物なんだよ」

「苦いくらいどうってことないわい」

「えっと、じゃあカフェオレにしましょうか。少し甘めにしたら飲みやすいと思いますし」

「お、さすが気が利くぅ～～」

「かなんとかは美味《うま》いのか？」

「美味《おい》しいよ～」

「そうかそうか」

そんな会話をしている二人に頭を下げ、智花は慌てて風呂場へと向かった。

「白沢さん～！　替えの甚平とタオルここに置いておきますね！」

「ああ」

急いでキッチンへと向かう智花は気付いていなかったが、智花の声は事務所にいたサワ達にも微《かす》かに聞こえていた。あやかしだから耳が良いのだ。

「なんと甲斐甲斐《かいがい》しい娘さんじゃ……それであの孫はなんの責任もとらんのか？」

「甥っ子に甲斐性《かいしょう》あると思うのォ～？」

肩をすくめるハクエにサワは溜息《ためいき》をこぼした。

「でもまあ、この間よりも大分変わったとは思うけどね」

「ふむ？」

「智花ちゃんが関わったら甥っ子も変わらずにはいられないよ。智花ちゃん、あやかしに好かれやすいもん～」

「じゃろうな。ここは大変居心地が良いわい」

昔は感謝を捧《ささ》げる対象として神という存在がいた。身勝手な願い事を捧げる対象となって久しい。

自己欲を満たすための像となって、神がどう思うのか。努力もせずに祈っただけで叶《かな》うと信じ込む者達が多ければ多いほど、叶うものも叶わず、どんどんと人は神という存在を希薄にしていった。

ここは智花の感謝で満たされている場である。昔は至る所にこういった場があったというのに、今はほとんど見かけない。

「ここと同じ様な場所って、甥っ子のように囲っていた所がほとんどでしょ？　俺達も手塩にかけないとダメだったんだよ」

「そうかのう。わし、酷い目にしか遭わんかったんじゃが」

「あっはっはっはっは！　それは親父が酔った勢いで天界から落ちたせいでしょ！」

「酒は飲んでも飲まれるな。名言じゃ！」

「説得力がヤバいんですけどぉ〜〜！」

ハクエがお腹を抱えてゲラゲラと笑っていると風呂から出てきた白沢が注意した。

「だから騒ぐなと言っているだろう。うるさいぞ」

この二人が騒いでいるせいで、この屋敷のあやかし達が怯《おび》えきって出てこなくなっていることに白沢は気付いていた。

丁度その頃、智花も飲み物を持って戻って来る。

「お待たせしました。白沢さん、麦茶で良かったですか？」

「ああ」

サワにアイスカフェオレ、ハクエにアイスコーヒー。智花と白沢は午後のお茶の時間は大体麦茶なので聞かずに入れてきた。

サワの目の前にカフェオレが置かれた瞬間、サワのテンションが一気に跳ね上がる。

「ひょ！　これがかなんとかじゃな！」

「親父、カフェオレね」

「いただくぞい！」

サワが一口、恐る恐る飲んでみる。次の瞬間、カッと目を見開いたかと思えば、ゴクッゴクッと喉《のど》を鳴らして飲んでいた。

「かーっ、美味いな！」

「親父イケる口だったのか」

「冷たくてほんのり甘い。不思議な飲み物じゃの」

珈琲《コーヒー》は好き嫌いが出やすいので初めての人はどちらかに分かれるが、口にあったらしい。

「甘すぎると後で喉が渇いちゃうので控えめにしてみたんですが、お口に合って良かったです。あとこちらもどうぞ」

すっと出してきたのは冷やされた桃だ。先ほどの仙桃だと分かったサワの目が、またもやカッと見開かれた。

「ここは天国かのう」

「親父、分かるけどここ下界ねェ～」

「わし、やっぱりここ住みたい」

「誰が住まわせるか。婆さんに言いつけるぞ」

「やめんか！　婆さんがナタ持って追いかけてくるじゃろ！」

それを聞いた智花がちょうど麦茶を飲んでいた所だったので驚いて噎《む》せてしまった。

「智花ちゃんが驚いて噎せちゃったじゃん～大丈夫？」

「けほっ、すみません……大丈夫です」

「ナタ持って追いかけてくるのは本当だよ〜」

「ええぇ!?」

智花が目を白黒させているのを面白がっているハクエ達を白沢が「いい加減にしろ」と窘《たしな》めた。

「冗談ですよね？」

「どうだろうか……」

「どっちなんですか!?」

「甥っ子も智花ちゃんで遊んでるじゃん」

「遊ばれてたの!?」

智花達がわいわいしている横で、サワはさっそく切り分けられた桃をデザートフォークで刺す。こんな贅沢《ぜいたく》な食べ方など、した事などないとサワは感動していた。

一口食べて、サワは目頭を押さえた。

「わし、長生きしそう」

「するでしょ。仙桃なんだからァ」

「何なんじゃ、孫はこんな贅沢しとったんか！　わしもわしも！」

「も〜女子高生じゃないんだから〜親父歳考えてよォ」

「じょしなんとかとは何じゃ！」

「仙桃食べたとはいえ、若返るの早過ぎでしょ」

「意味わからんわい」

サワとハクエのやり取りは日常茶飯事らしい。可笑《おか》しくて智花はずっとクスクスと笑っている。

笑いすぎて涙まで出てきたらしい。目元を拭《ぬぐ》っていると、白沢に心配されてしまった。

「ダメ……ごめんなさい……ふふふ……」

顔を両手で覆い隠して前屈《まえかが》みになっている。肩がひくひくと揺れる様はまるで大泣きをしているように見えるが、漏れ出てくる声は笑い声だ。

隣に座っていた白沢は、智花の背中を擦《さす》ってあげていた。

二人の様子を微笑ましそうに見ているサワとハクエだったのだが、智花と白沢は気付かなかった。

「う……ごめんなさい……」

「いやいや、大丈夫だよォ。うちの親父は天然仕様だからこっちこそごめんねェ」

「わし天然じゃないわい！」

「ふ……ふふふ……ふふ……もうダメ……」

「お前達もう黙れ」

「甥っ子が辛辣《しんらつ》すぎるゥ」

ツボに入ってしまった智花が落ちつくのを待って、サワ達は今後の話題に切り替えた。

周囲の結界は補強されたとはいえ、水の上が落ちつくまでは何があるか分からないと、ハクエがあやかしの世界との間をしばらく行き来して様子を見ようという事になったのだ。

「だから頻繁にここにお邪魔する事になるかもしれないんだけど、智花ちゃんは大丈夫かな？」

「大丈夫ですよ。しばらくカフェのバイトもほとんどお休みなので」

「そうなの？」

「はい。オーナー夫妻に赤ちゃんが生まれたので、お店自体が半休業状態なんです」

「そうだったんだねェ〜この間行ってみたらお休みだったんだよォ〜」

「すみません。お伝えしておけば良かったですね」

「大丈夫大丈夫。じゃあ智花ちゃんは夏の間は家にいることが多いんだね」

「はい。白沢さんは外出しても大丈夫なのでしょうか？」

「水の上にとって下界は毒だからね。大丈夫だとは思っているけれど、一応どこかに行く時は俺も同行しようかと思っているよォ」

「初耳なんだが」

「今言ったからねェ」

ハクエの態度に軽くイラッとしたらしく、白沢が腕を組んでハクエを睨《にら》み付けていたが、そうも言っていられない状況だというのは分かっているようで、溜息一つ吐いて終わったようだ。

「というわけで、しばらくご厄介になるねェ」

「こちらこそいつもありがとうございます」

「長々とすまんかったのう」

白沢以外が深々とお辞儀をしている横で、白沢は智花に買い物に行こうと促した。

気付けば日が暮れようとしていた。もうこんな時間だったのかと智花も驚いた。

「あれェ、買い物？」

「はい」

「カレー？」

「もう、皆さんそう仰《おっしゃ》るんですね」

「だって智花ちゃんのカレー美味《おい》しいからね！」

「かれーちゅうのは何じゃ？」

興味津々に聞いてくるサワに、智花は苦笑した。

「カレーは食べ物で、毎週金曜日にカレーを作って食べているんです。今日は買い出しなんですが、明日仕込んで、明後日カレーでして。良かったら明後日また来て下さい」

「ほんまかいの！　孫が夢中だと聞いていたから気になってたんじゃが食いもんだったのか」

「俺も食べたいなァ〜！」

「はい、どうぞ」

「智花、誘わなくていい」

「甥《おい》っ子はカレーが減るって目くじら立ててんだからァ〜心が狭い男は嫌だねェ〜」

「智花のカレーは渡さん」

「そんなに孫がムキになるなら楽しみじゃて」

「くっ……」

「た、たくさん作りますね！」

最近はかまいたち兄弟も智花のカレーが大好きになってしまったので、いつもおかわりの奪い合いが発生するのだ。

智花はこっそりもっと大きい寸胴鍋《ずんどうなべ》を買うべきか検討している。このままだとどんどん食べる人が増えそうな気がしてならない。

「買い出し手伝うよォ。親父は帰れェ〜〜」

「息子が酷《ひど》い！」

「帰れ」

「孫も酷い！」

「あの、また来て下さい」

「嬢ちゃんは優しいのお」

クッ、とまた目頭を押さえて嘘泣きをしているサワに、ハクエが肩をすくめていた。

サワが帰った後は三人で買い出しと近くのスーパーへ行ったのだが、イケメン二人の並びは非常に悪目立ちしており、智花はちょっと軽率だったかもしれないと思うのだった。

第三章　あやかし相談

あれから二日後の金曜日。朝の畑仕事が終わって一息入れた九時頃、壁にかけられた時計を見て智花《ともか》はそわそわとしていた。

いつも朝ご飯は遅めの九時から十時頃。カレーを食べると約束した時間は十時。

智花は多めにチキンカレーを作って、サワとハクエの来訪を待っていた。そろそろ温めておこうと思った矢先にインターホンが鳴った。

しかし予想外の事が起きる。急いだ様子で飛び込んできたハクエに、智花達は驚いた。

『ぎゃークタベ！　てめーまた来やがったのか――！』

タケ達が叫んで逃げていく。ハクエは「やっほぉ～ちびっ子達ィ～」とニコニコと手を振るだけで意に介さなかった。

「ごめんねェ。ちょっと客が一人増えそうなんだァ」

「なんだと？　まさかあやかしか？　どういうつもりだ」

ハクエの言葉に白沢《しらさわ》が噛《か》み付いた。今の状況からしてこの庭に他のあやかしを連れてくるなど、相談もないとはどういう事だと憤った。

「ちょっと込み入った事情になっちゃったんだよォ。親父もそろそろ来るからさァ」

『と、智花しゃん、またあのクタベしゃんが来るでしゅか!?』

「白沢さんのおじいさんの事かな？　そうだよ」

そういえばお客さんが来るとしかマツ達に伝えていなかったと智花は思い出した。

『ぎゃ——！　逃げるでしゅ——！』

「え？　え？　ど、どうしたの？」

「智花ちゃん、気にしなくて良いよ。俺達は本来ちびっ子達に恐れられる存在だからね」

困惑している智花を余所《よそ》に、サワの来訪を知らせるインターホンが鳴った。

門を開けて出迎えるとそのまま庭へ連れて行って欲しいと促され、庭の中でも比較的何もない広い場所へと移動する。

そういえばサワが来た瞬間、家の中がしん……と静まりかえった事に遅まきながら智花も気付いた。

前回は気付かなかったが、サワの存在は他のあやかし達にとってとても恐い存在だったのだ。

（そういえば……白沢さんは神獣ハクタクだって仰っていたから、そのおじいさんという事は……）

神話の中の存在が目の前にいるのだとようやく思い至り、智花の足は少し震えた。

「嬢ちゃん急にすまなんだ。お願いがあってのう」

「は、はい！」

「……どうしたんじゃ？」

「智花、今さら気にしなくて良い。婆さんの尻《しり》に敷かれているただの爺《じい》だから」

「なんで急に婆さん出すんじゃ⁉」

そうは言われたが、一度意識してしまうとなかなか難しい。ちょっと畏《かしこ》まりつつも失礼のないようにと心に決めた。

「だ、大丈夫ですっ！」

「そうかの？　紹介しても良いかの？」

「はい？　紹介ですか？」

そういえば客人を連れてくるとかハクエが言っていた気がするが、目の前にそんな人物などいない。

首を傾げていると、サワの懐から白い塊がぴょんっと飛び降りた。

「え……白うさぎ？」

真っ白な毛と赤い瞳《ひとみ》。アナウサギと呼ばれる日本になじみ深い品種のうさぎだった。見た目は子うさぎほどに小さい。智花が思わず可愛いと呟《つぶや》いた瞬間、うさぎからボワンッ！　と煙が立ち上った。

「え……」

智花は仰《の》け反ってぎょっと目を剝《む》いた。

先ほどのうさぎが、気付けば見上げるほどの大きさになっていたのだ。

二メートルはありそうな丈と横幅。まるで大きな雪だるま。上に小さな丸いものがちょこんと乗っている。うさぎがくるっと振り返った。

雪だるまの頭だと思った小さな丸い玉は、うさぎの尻尾《しっぽ》だったようだ。

『どうも、イナと申します』

鼻をひくひくさせて挨拶《あいさつ》をする白うさぎが自己紹介をした。

智花もつい、「仙庭《せんば》智花と申します……」と反射的にお辞儀をした。

「仕事仲間なんじゃが水《みず》の上《かみ》のせいで困っておってのう。助けてやってくれんか」

「おい……！」

白沢の機嫌が地を這《は》っている。余計なあやかしを庭に入れたことが気に入らないらしい。

「心の狭い孫じゃのう。いいじゃんいいじゃん～～」

「親父、この間仙桃食ってから若返ったねェ。主に言葉遣いが」

ハクエの突っ込みに気付かない程に、智花は目の前の大きな存在に釘付《くぎづ》けになっていた。

この毛皮の塊は、是非とも冬場にお会いしたかったと思わずにはいられなかった。

「困り事とは……」

「まて、引き受ける気か？」

慌てて白沢が智花を止めた。

「ちゃんと事情を聞いてからと思っていますが、サワさんがお連れになった方ですから大丈夫だと思うんですけど……白沢さんがダメだとおっしゃるなら止めます」

「む……」

ここに連れてきたという事は薬草がらみだろう。しかし智花は祖父から白沢の言うとおりにするようにと言われている。

智花はちゃんと白沢を立てたので、この決定権は白沢となった。周囲の目線が白沢に集中すると、白沢は居心地が悪そうに顔をしかめた。

「……ここに危害が及ぶ事じゃないんだな？」

「材料を分けて欲しいだけじゃの」

「本当だな？」

「というかのう、イナは長年、あやかしの薬草をお互い分け合っている仕事仲間での。水の上のせいで収穫できなくなって困っておるんじゃ」

「それは俺達も同じだろう？」

『申し訳ございません。少し事情が異なりまして……私は毎年、ナムチ様に献上するお薬を作っておりまして、その材料が水の上のせいで採れなくて困っているのです』

「ナムチだと……？」

白沢の声が少し震えている。智花は馴染《なじ》みのない名前に誰かは分からないが、白沢が動揺するという事は、とても偉い方なのかもしれないと漠然と理解した。

「む……それは流石に断りづらい……」

「じゃろう？ あれば譲って欲しいんじゃ。蒲黄《ほおう》というんじゃが」

「それでしたら出来上がったばかりのものがありますよ」

智花が思わず言うと、イナが飛び上がらんばかりに喜んだ。

『本当でございますかっ！』

「白沢さん、お渡ししても大丈夫ですか？」

「…………分かった」

渋々ではあったが白沢が頷《うなず》いた。どこかサワとハクエがホッとした顔をしているので、ナムチという人物はハクタクでも緊張する相手なのかもしれない。

「どのくらいご入り用でしょう？」

『この壺《つぼ》いっぱい欲しいのですが……』

取り出されたのは智花の片手に収まるほどの小さな壺だった。これくらいなら大丈夫だと智花はさっそく入れてきますねと壺を受け取った。

智花が事務所へと向かったのを見送っていた白沢達は、今度こそ肩の荷が下りたように緩んだ顔をした。

「よりにもよってナムチが相手だと？　冗談じゃないぞ！」

「緊急事態じゃて。イナ殿もここの事は他言無用に頼む。ここは孫の領域じゃからの。これ以上はわしでもどうにもならんのじゃ」

『承知しております。サワ様達は私の恩人です』

「困った時はお互い様というからの」

そんな話をしていると、智花が壺を片手に戻ってきた。

「ご確認下さい」

『ではさっそく……ほうほうこれはこれは！　素晴らしい質でございますね！　今年献上するお薬はとても良い出来となりましょう』

大満足のイナの言葉に、白沢が青い顔をした事に誰も気付かなかった。

「お役に立てて光栄です」

にっこりと笑った智花に感動したイナは、こう言った。

『お礼にあなた様の未来を予言しましょう』

「わ――――！　ダメダメダメ!!」

慌てたハクエとサワが叫んだ。

「やめんかイナ殿！　それはならんっ!!」

殺気を伴って白沢が智花を背後に隠す。智花は目を丸くして何事か分からなかった。

「そのような事は頼んでおらん！　このまま帰ってくれ！」

『そうでございますか……？　私の予言は当たりますのに』

「いらんいらんいらん!!」

先ほどとは打って変わり、サワ達は用は済んだとばかりにイナを庭から放り出そうとした。

サワが責任を持って野に放ってくると言って、ぼわんと煙に包まれた。煙が晴れたそこには、目が沢山身体中にある牛ともいえない白い毛の生物がいた。

（神獣ハクタク！）

智花がハッとしてその姿を見る。その姿形は、以前白沢が智花を助けに来た時に現れた姿と似ていた。サワの姿は、白沢よりも何倍も体格が大きい。

『帰るぞ――い！』

『ああ～そんなご無体な～～！』

サワはイナの首元の毛皮を咥《くわ》え、ぐわっと空へと上がっていく。あまりの一瞬の出来事に智花は目を見開いたままぽかんとしていた。

結界の領域は、数日前にサワとハクエで結び直したのでサワも通れるようになったようだ。

「危ない危ない！　智花ちゃん、イナの予言は聞いてはいけないよ！」

「そ、そうなんですか……？」

「あいつの予言は不幸を呼ぶ予言とも言われているんだよ」

「ひえっ」

それを聞いて思わず震え上がった。

「予言自体はとても良いことを教えてくれる。でもイナの予言はどういうわけか、必ず代償を伴うんだ。それが本来の未来だったとしても、絶対に聞いてはいけない」

ハクエの言葉に智花は首を縦に何度も振った。

「止めて下さってありがとうございます……！」

「うんうん。良かった良かった。危なかったねェ～」

「白沢さんもありがとうございました」

「いや……」

白沢はどこかまだ浮かない顔をしていたが、智花は気付かなかった。

「サワさん戻ってくるでしょうか？　カレーの準備をしていたんですが……」

「少ししたら来るでしょ。楽しみにしてたからねェ」

「じゃあ準備してますね！」

「わ～い！　智花ちゃんのカレー久しぶりィ～～」

智花が部屋へと戻ってキッチンでカレーの準備をしている間、白沢は顎《あご》に手を当てて考え事をしていた。

「どうしたァ～？」

「いや、杞憂《きゆう》だといいんだが……」

「うん？」

「なんでもない」

智花の後を追って、白沢とハクエも部屋の中へと入っていく。

智花はキッチンで炊飯器を二つ稼働させてご飯を炊いていた。炊飯器の横には、大量の照り焼きが用意されている。

肉好きの白沢とかまいたち兄弟のために、チキンカレー用のチキンを別に用意したらしい。カツカレーのように、上に載せるのだ。

キッチンは大忙しで、智花はあくせくと動き回っていた。

「何か手伝う事あるかい？」

ハクエにそう言われ、ありがたくミネラルウォーターの二リットルペットボトルと牛乳とコップを人数分用意して欲しいとお願いした。

「了解！」

今回はダイニングではなく、大きなテーブルのある隣の客間へと案内した。

かまいたち兄弟が、人数分の座布団をよいしょ、よいしょと運んでいる。

タケとナカが二人で一つの座布団を持って移動して、マツが丁寧に角度を調節しているらしい。

「可愛すぎでしょちびっ子達ィ〜お手伝い〜〜？　飴《あめ》ちゃん食う？」

ハクエもかまいたち兄弟に構いたくて仕方がないらしい。

『ゲッ！　てめー帰ったんじゃねーのかよ！』

『もう一人のクタベはどうしたのです？』

タケが悪態を吐き、ナカが恐る恐る聞いてきた。やはりサワの存在が気になるようだ。

「後で来るよーん」

『ぎゃあああ！　なんでだよ！　お前ら帰れよ！』

タケが叫ぶ。かまいたち兄弟は青ざめてプルプル震えていた。

『どうして来るでしゅか？　ぼ、ぼく達を食べるでしゅか……？』

涙混じりにマツが恐る恐る聞くと、それを聞いたハクエがニヤリと笑った。

「食べて欲しいのぉ〜〜〜〜？」

低い声でハクエが言うと、マツ達が『ぴぎゃああ！』と悲鳴を上げた。

「やめんか。うるさいぞ」

「あっはっはっはっはっ！　ちびっ子達は面白いなァ〜〜」

『なんなんだよお前えええ！』

「追い出すなら頑張れ。カレーが増えるから俺は大賛成だ」

「ちょ、甥《おい》っ子ったら酷《ひど》い！」

『帰れ！　帰れ！』

「ひっどーいィ！」

ワイワイと騒いでいる時にインターホンが鳴る。どうやらサワが戻ってきたようだ。

白沢が代わりに迎えに行き、サワを連れてきた。

『ぎだあああああ!!』

『わあああん！　智花しゃん！　智花しゃーん！　怖いでしゅ――！』

マツ達が智花の所へ走って行って智花の片足にひしっとくっついてブルブルと震えている。

「わっ！　ビックリした。ど、どうしたの？」

「なんじゃこのチビ共は。珍しいの、かまいたちか？」

マツ達が怯《おび》えているのが分かった智花は苦笑しながら説明した。

「白沢さんのおじいちゃんだよ。怖くないよ」

『そうじゃとも……こわくないぞえ……』

『ぴぎゃあああああああああああ!!』

サワは顔だけ目が沢山ある牛に戻ってマツ達を驚かす。

顔だけだが先ほど見たハクタクの顔だ。サワの顔を間近に見た智花は一瞬驚いたものの、怖がって叫ぶマツを守るために声を張り上げた。

「コラー！　おじいちゃん！」

「ふおっ！　嬢ちゃんに怒られたぞい！　すまんすまん！」

ひゅんっと人の姿に戻ってサワはおどける。その姿はとても楽しそうであった。

ほっほっほっと笑っていたが、その前に仁王立ちしている白沢に気付いて今度はサワが青ざめる。

「……出て行くか？」

「ひょっ！　孫が怖い！」

「親父ィ～ここは智花ちゃんのお家なんだからイタズラはダメでしょ～～？」

「そうじゃったそうじゃった。すまんすまん。居心地が良くてついの」

「イナは帰らせたのォ？」

「野に放ってきたぞい！」

「そんなんでいいの？」

ハクエ達はそんな会話をしつつ、智花の料理が揃うのを待った。その後はなんとかかまいたち兄弟の意識もカレーに逸《そ》らす事に成功して落ちつかせた。

さすがにご飯と照り焼きチキンとカレーのコラボにマツ達だけでなく、白沢さえも夢中になっている。

簡単なサラダに大盛りのカレー、そして牛乳といつも通りだ。ただ、以前よりももっと肉が増している気がして、ハクエが進化してると笑っていた。

サワも目の前にした料理に目を輝かせ、皆一斉にいただきますの合図で食事が始まった。

「なんじゃこりゃあああ！　うっまいの――！」

ガツガツと一心不乱に食べるサワの姿に智花は気持ち上半身が引いていたが、「お口に合って良かったです」と苦笑した。

『お肉でしゅ――！　うまうまー！』

『肉！　うめーな肉！』

『私の皿にこの赤い悪魔はいりません！　悪魔退散！』

「ちびっ子はニンジンもちゃんと食べないとだめだよぉ～じゃないとお肉没収だよぉ～～！」

『この悪魔～～！　私の皿から天使を取るんじゃありません！』

わいわいと賑《にぎ》やかな食事に智花はクスクスと笑いが止まらない。

カレーはいつも中辛だが、照り焼きのチキンを甘めにしたので気にならない辛さになっている。カレーと照り焼き用のもも肉を四キロも買い込んだ甲斐《かい》があったというものだ。

サワと白沢は食べる時は夢中になるらしくやはり無言だ。この調子だと一気に消費されそうだなぁと思っていたら、白沢とサワの手がピタリと止まった。

二人の皿の上のカレーは綺麗《きれい》さっぱり残っていなかった。

「なんじゃ⁉ 消えた、じゃと⁉」

「どこにいった……⁉」

「あはははは！ この二人やっぱそっくりだよねェ～！」

大笑いしているハクエだったが、その様子を見ていた智花もハクエさんもそっくりですよと言わずにはいられなかった。

「おかわりは……」

サワと白沢の目がギラッと光った気がした。

白沢と一緒に智花はキッチンへと戻り、皿にご飯と照り焼きチキンを載せて、たっぷりとカレーをかけたのを二つ用意した。

白沢がサワの分も一緒に持って行ってくれたが、白沢のおかわり分を見て騒ぐ。

「孫の方が肉が多いぞい⁉」

「ふっ」

「ちょっと大きい位で目くじら立てないの。親父いい歳なんだからほどほどにしなよォ」

「わしはまだイケるぞい！」

「こないだ仙桃食ったからっていい気になるな。俺は毎日仙桃を食っている」

「冷たくない⁉　息子と孫が冷たくない⁉　そして何気に孫ずるくない⁉」

「マウンティングするなよ～争いのレベルが低いよォ～」

　白沢達のやりとりを見ていたかまいたち兄弟が、お互いの顔を見合わせて言った。

『なんでえ、クタベのじーちゃんってデケーくせに細かい事にちーせーのな』

　タケの言葉に白沢達がピタッと静かになった。

　そして何やらサワの皿を見て気付いたらしく、マツが叫んだ。

『あ――！　おじーちゃん好き嫌いはダメでしゅよ！　しゃらだも食べるでしゅ！』

「おう……わしその赤いやつ嫌いかもしれんぞい……」

『トマトもちゃんと食べるでしゅ！　タケ兄ちゃんもでしゅ！』

『ゲッ！　こっちにも来た！　肉があれば死にゃーしねーよ！』

『フッ。この儀式は我々の血と肉となるのです。あ、悪魔のニンジンはいりません』

「あっはっはっはっ！　もうダメ――！　可笑《おか》しすぎでしょ！」

　ハクエが大笑いしている。かまいたち兄弟は慣れたら一気に距離が近くなったらしく、
　今度はサワの方がたじたじになっていた。

「うちらは小さい子に懐かれないからねェ～。親父の嬉《うれ》しそうな顔ったら」

「そうなんですか？　意外です」

「本来だったら相容《あいい》れないよ。智花ちゃんの側だからだろうね」

「私……ですか？」

「そうそう。智花ちゃんが作るご飯でね、みんな角がとれて丸っとなっちゃう。不思議だねェ」

「はあ」

よく分からずとりあえず返事をすると、ハクエは智花の方を見てにこりと笑った。

「智花ちゃんの料理が美味《おい》しくてみんな幸せになるってこと」

「……っ！」

ハクエの言葉に智花が照れた。言葉がストレート過ぎて心に直接刺さってくる。

「ハクエさんって……」

「ん？　なんだい？」

「……なんでもないです」

褒められ慣れていない智花は耳までほんのり赤くなりながら、水を飲んで落ちつこうとコップを手に取った。

すると向かいに座っていた白沢がこちらをじっと見ている事に気付いて、顔を上げて目を瞬いた。

「…………」

「…………」

（な、ななな何!?）

白沢に見られていたと思った瞬間、一気にぶわっと顔が真っ赤になった智花の隣で、一部始終見ていたハクエがニヤニヤと笑っている事に気付いていなかった。

食後のデザートでフルーツポンチを出せば、仙桃が使われている事に気付いたサワとハクエが驚いて目と口をあんぐりと開いていたのは居たたまれなかった。

それを慣れた様子で白沢やかまいたち兄弟は食べているので、改めてこの家の食事はあやかしにとってとんでもないとハクエに言われてしまった。

食事を終え、智花とハクエが片付けをしている間は、かまいたち兄弟に囲まれたサワがデレッとした顔をしながら相手をしていた。

洗い物が終わって戻ってくると、気付けばかまいたち兄弟はすやすやとお昼寝している。

食べ過ぎてぽっこりと大きくなったお腹を抱えたかまいたち兄弟は、それは幸せそうな顔をして眠っていた。

智花はマツ達それぞれのお気に入りのタオルケットを持ってきてかけてあげた。

暑いと寝相が悪くなるので、扇風機も弱風で首振りモードにしている。

室内に風が巡っているようで、縁側の風鈴がちりんちりんと鳴っていた。

夏の昼下がり。穏やかな時の流れにサワが思わず口にした。

「なんとも居心地が良いのう。わしもお昼寝がしたいのう」

「帰れ」

辛辣《しんらつ》な白沢の言葉にサワは傷ついた顔をした。

「親父、これ以上は迷惑だよぉ。今度は俺達が智花ちゃんにお礼しないとね」

「そうじゃの！　嬢ちゃん、なんや欲しい物とかないかの？」

「いえ、どうかお気遣いなく」

「智花ちゃん、なんかない？　こんなに助けてもらって美味しいご飯ご馳走《ちそう》になって仙桃まで食べさせてもらってるんだから、大抵の事は何でも言っていいんだよ」

「そんな……白沢さんに食費も頂いてますし、これと言ってなにも……」

「ないかのう？」

「二度と来るなと言ってやれ」

「白沢さん！」

「孫が冷たい！」

またぎゃいぎゃいと話が進まなくなりそうだったので、智花は少し唸《うな》りつつもこう言ってみた。

「うーん。じゃあ、ツケで！」

「……ツケかの？」

「はい！」

「嬢ちゃんはわしを手の内で転がすのが上手《うま》いのう」

「え⁉　そんなつもりはないのですが！」

「ほっほっほっ。冗談じゃよ。わしの支払いをツケにさせるとはなかなかの器じゃのう」

「……なにか問題ありました？」

「あやかしは等価交換よりも騙《だま》す側が多いからねェ」

「騙す⁉」

「あ、違う違う。俺達は逆の立場が多いんだよ。お礼される側が多いって言うか」

「あやかしのお薬を作っていらっしゃるからですね」

「うん。位も高いし、大抵の事は自分達でできちゃうからね。そんなあやかしが対価が払えない程の恩を売る智花ちゃんってとっても大物って意味」

「特に思いつかなかったという理由でしかないのですが……」

申し訳なさそうに言うと、白沢が気にするなと言った。

「あとで、ドデカく支払いをさせればいい」

自信満々にドヤッと言う白沢だったが、それを横で聞いていたハクエが言った。

「智花ちゃんに一番払わなきゃいけないのは甥《おい》っ子でしょうがァ〜〜」

「なにっ⁉」

心外だといわんばかりの態度に、ハクエは呆《あき》れた。

「甥っ子が育てられない植物をこれでもかと育ててくれてるでしょう？」

「ぐ……」

「え？　お代金頂いていますよ？」

「智花ちゃん、仙桃はさすがに俺達も育てられないんだよ。もっとお金もらって良いんだよ」

「足りないならもっと増やすぞ」

「えっ⁉　あれ以上は逆に困ります！」

「甥っ子もこう言っているしもっともらえば良いのに」

「もらってますよ！　私の年収、この歳じゃ有り得ないですからね⁉」

真っ青になってなんとか止めようとする智花に、ハクエ達はため息をこぼした。

「他の連中はもっともっとと金を欲しがるのに……」

「智花は欲がない」

「欲はかいたらキリがありません。これ以上はバチが当たります！」

その言葉を聞いた白沢達はきょとんとした顔をして、次いで「はぁ……」と重い溜息《ためいき》を吐いた。

「嬢ちゃんみたいな人間がもっと増えてくれんかのう」

「少なくなったよねぇ」

「智花、何かして欲しい事とかはないのか？」

白沢がそんな事を聞いてきてくれたので、智花は少し迷った後、ドキドキしながら言ってみた。

「……また来てくれますか？」

「うん？」

「またご飯を食べに来てくれますか？　美味しいって言って貰《もら》えたのが嬉しくて……」

えへへと照れ笑いしながら智花がそう言うと、サワとハクエが目頭を押さえた。

「ほんまにええ子じゃのう……」

ハクエが勿論《もちろん》だよと言おうとした瞬間、白沢が真面目な顔で「ダメだ」と言った。

「え……」

サワとハクエも固まっている。ショックを受けた智花に、白沢は言った。

「智花のカレーは俺のものだからダメだ」

「甥っ子おおおおお!!」

「こんのばかちんがぁあああ！　独り占めとは何じゃ！　恥を知れ！　恥を！」

ぎゃあぎゃあと騒ぎになっている横で、智花は静かに返事をした。

「白沢さん」

「……ん？」

智花の目が笑っていない。白沢達はぞくっと寒気が走った。

「私のカレーは私とおじいちゃんとの思い出のカレーです。白沢さんのものじゃありません」

「あ……はい……」

サッと白沢の顔色が青くなる。智花を怒らせたと分かったらしい。

「甥っ子……智花ちゃんを怒らせたらカレー食べられなくなるよぉ？」

「ほんまにのう。バカな孫じゃ」

甥っ子だけには食べさせないよとハクエが言うと、サワも頷《うなず》いた。

「また来て良いかの？」

「もちろんです！」

嬉《うれ》しそうにする智花に、サワ達も嬉しそうだ。

また来週来るという約束をして、サワ達は別れた。


サワとハクエが帰り道、こんな会話をしていた。

「あの二人、おにぶさんなのかのう」

「そうみたいだねェ」

「心配じゃのう。主に孫が」

「もう手遅れだよォ」

そんな会話をしながらサワ達は帰って行ったのだった。

第四章　夢

八月に入り、暑い日が続くある日の午後、バイトへと向かった智花《ともか》は、バックルームにいた五鬼上弘義《ごきじょうひろよし》に気付いて驚いた。

「あれ？　ヒロ先輩お久しぶりです！　今日シフト入ってました？」

「智花ちゃん、久しぶり！　今日は代理で入ったんだ」

「そうだったんですか。メールはしてたけど、会うのは本当に久しぶりですね」

「俺、ずっと塾の方ばっかり行ってたからね」

「私も庭にばかりいたから日焼けしちゃった」

「ほんとだ。少し焼けたね」

弘義は智花を見て破顔した。垂れ目気味の目元が嬉しそうな弧を描いた。

天然の癖っ毛である弘義は、今売れっ子のアーティストがしていて有名になった「ミディアムスマートマッシュ」という髪を遊ばせた髪型をしていたが、少し見ない間にさっぱり切りそろえていた。さすがに夏のせいか暑苦しくなったそうだ。

今度は「リラックスミディアム」という短めな髪型にしてみたと会話が進む。

弘義は恋する乙女のように智花に気に入ってもらいたくて、日頃から身だしなみなどに気合いを入れているのだが、当の本人には全く伝わっていない。

適当に切りそろえる程度の智花は、髪型の名前を聞いても「似合ってます！」という簡単な感想しか言えず心苦しいと思っていた。

（今度ファッション雑誌買ってみようかな……）

自分は畑仕事の邪魔にならない程度に伸ばし、まとめるくらいの事しかしない。少し反省しながらそんな事を考えていた。

彫りが深い顔立ちの弘義は、流行に対しても敏感でファッションセンスもずば抜けて良い。当然モテる。モテまくる。

少し見ない内に、さらに磨かれたような洗練さまで滲《にじ》み出ていて驚いた。

塾のバイトで塾生の親御さんとの面談などがあり、慣れないスーツを着ていたせいだと弘義は苦笑していた。

「塾の講師って忙しそう」

「プリント作りとか時間外の作業が多いんだ。でもお盆に入ったからしばらく解放〜〜！」

「そこはどこも一緒ですね」

このカフェも半分は盆休みだ。まるっと休みにしても良かったんだが……とオーナーは言葉を濁しながら言っていたのだが、少しでもミルク代を稼いでこいと奥さんに言われてしまったらしい。

他のバイトメンバーも弘義のように他の短期バイトへと入っている人もいれば、パートの人はまとまった盆休みをもらって実家へと帰っている。

今日はたまたま人がいないという事で智花の方へオーナーから連絡があり、接客の感覚を忘れないようにと智花はＯＫの返事を出したのだ。

バックルームにはまだ弘義と智花しかいない。簡単な着替えを済ませて時間まで待っていようと椅子に座ると、弘義は周囲をきょろきょろと見回していた。

「メールはしていたけれど……やっぱり会いたかった」

「あの……」

ぎょっとした智花に気付いた弘義は、智花から距離を取った。少し寂しそうな表情をしながら謝った。

「ごめん、久しぶりに会えたから嬉しかったんだ」

弘義の態度に申し訳ないと思いながらも、言うなら今しかないだろうと智花はきちんと気持ちを伝えることにした。

「……その、お返事なんですが」

「え、今？」

弘義が驚く。智花と弘義の間に緊張が走った。

「はい。あの……」

「待った！」

智花の表情で、返事が分かってしまった弘義は、天を仰いだ。

「ごめん……智花ちゃんの口から否定の言葉を聞きたくないんだ」

「それはもう……どうすれば……」

「ＯＫの言葉が欲しいな」

「ごめんなさい！」

「ああ〜……聞いてしまったあああ……」

ガッと机の上に上半身を倒したと思ったら、そのままずるずると弘義は落ちていった。

「分かってたんだ……大事な時期にバイトを入れちゃったもんなぁ……あーあ……」

「す、すみません。お気持ちは大変嬉しいのですが……私、色々な事がありすぎていっぱいいっぱいで、そういう事はしばらく考えたくないという気持ちになりました」

「…………そっか」

智花の理由を聞いて、弘義は顔を両手で覆って項垂《うなだ》れる。今の顔を見られたくないとばかりに顔を隠していた。

いたたまれず、智花は勢いよく頭を下げた。

「わがままでごめんなさい」

「いや、わがままなのは俺の方だよ。焦ってかなり強引に智花ちゃんに迫ってたし」

「ヒロ先輩……」

「智花ちゃん、俺失恋しちゃったんだ～」

「う……はい……すみません……」

「慰めて欲しいなぁ」

「お断りしますっ！」

反射的にはっきり言ってしまうと、大げさなくらいに弘義は呻《うめ》いた。

「ああ～～～～～……」

なんというか諦《あきら》めが悪いというか、お調子者の弘義の態度に智花は少しほっとした。

気持ちがすとんと落ちついたせいなのか、今の状況が客観的に見えた智花は一瞬で青ざめた。

弘義は智花の事を気遣って、話の流れを明るく持っていこうとしている。そのことに気付いてしまった智花は、返事を急いでしまったことを後悔した。

以前のようにずるずる先延ばしにしてもダメだと思った智花は、勢いのまま断ってしまったのだが、これから一緒にバイトの時間を過ごすのに、弘義の気持ちを配慮していなかった。

（あああ、どうしよう⁉）

自分の事にいっぱいいっぱいで弘義がこれからどんな思いをするのか気付いていなかった。

勢いに任せず、時と場所をもっと考慮してきちんと返事をするべきだったのだ。

「あ、あの、ヒロ先輩ごめんなさ……！」

「ヒロは失恋か〜よしよし、俺が慰めてやろう」

慌てた智花の声を第三者の声が遮った。智花と弘義はバッと声がした方を振り向いた。

そこにはオーナーが肘《ひじ》をついて片手で顎《あご》を支え、何事もなかったかのように振る舞い、自分の淹《い》れた珈琲《コーヒー》を啜《すす》っていた。

「お、おおおオーナー！」

「いつからそこに⁉」

弘義と智花が青くなったり赤くなったりしながら、聞くと、「智花のごめんなさい辺りだなぁ」と言った。

オーナーが飲んでいた珈琲には崩れてはいたがラテアートが描かれてあるのに気付いた智花は、大分前から隣の部屋にある厨房《ちゅうぼう》にオーナーがいたことに気付いた。

この店は古民家だ。改装が入っているとはいえ、木造なので声が筒抜けなのである。智花と弘義のやりとりを聞きながらオーナーはラテアートを作っていたらしい。

自他共に認める体育会系のオーナーは筋骨隆々だ。夏になってマラソンでさらに日焼けをしたらしく、海辺に近い事もあってサーフィン帰りとよく間違えられる。

しかし見た目とは裏腹に、手先が器用で料理の盛り付けは繊細さを得意としていた。

「ほとんど最初じゃん！　オーナー空気読んで二人っきりにしてくれたって良いでしょ！」

「ダメに決まってんだろ。お前、智花に対して距離感おかしいからな」

きっぱり言ったオーナーに、智花は驚いた。どうやら心配して聞き耳を立てていたようだ。

やはりそこは弘義自身も思っていたようで、うぐ……と言葉に詰まっている。

智花は傷つけたという負い目からなかなか強く言えず、弘義の距離感にほとほと困っていたのは事実だった。

「ヒロ〜〜。泣きたいなら俺の胸を貸してやろう。ホレホレ」

自分の胸板をドンドンと叩《たた》き、カモーンと腕を広げるオーナーの態度に弘義はムッとしながらタックルをするために助走を付けようと部屋の隅へと向かった。

智花もこれから何が起きるか分かったので、さっと周囲の荷物をどけた。

「かも～～ん！」

「オーナー！　ベイビーフィーバーリア充おめでとう～～!!」

「うおおお!?　お前、ついに沢口《さわぐち》と似たような事言いだしたな!?」

抱擁と言うよりも相撲のようなものが始まった。

ちなみに沢口とはバイト仲間の一人で、幸せそうな人を見ると「りあじゅうばくはつ！」とか、「爆《は》ぜろ！」という呪文を唱えている男性である。

弘義が叫んだ言葉はそれらの逆の意味ではあるが、あまり差がないように聞こえるから不思議だ。

「あっはっはっ！　嫁さんと子供はいいぞう！」

「沢口さんが今ここにいたら親友になれる気がする！」

お互いが押して引いての争いで、気付けば弘義はオーナーに抱え上げられてしまった。

そのまま弘義はテーブルの上へと座らされる。

「よいしょーい」

「当たり前だろ、筋肉量が違うわ」

後から聞けばオーナーは柔道の有段者で、今でも時折ジムへと行っているらしい。

珈琲が入ったコップやらを避難させていた智花からお礼を言ってコップを受け取ったオーナーは、自分の珈琲を飲みながら不敵に笑う。

「ヒロも今度一緒にジム行くか？」

「オーナーは体育会系じゃないですか。嫌ですよ。俺は文系なんです」

「お前、本とか鵜《う》呑《の》みにして実践するタイプだろ。止めとけ止めとけ」

「な、なんでそれを……！」

弘義が真っ赤になっている。そういえばモテるための秘訣《ひけつ》を少女漫画で勉強したとか言っていた記憶が蘇《よみがえ》ってきた智花は、思わず「あっ」と呟《つぶや》いた。

「智花のこの反応ということは、マジでやったのか」

「わ〜〜！　ダメだよ智花ちゃん、言っちゃ！」

「何も言ってないですよ！」

智花も弘義も赤くなって会話をしているので、はたから見ればとても分かりやすいという事に気付いていない。

「ああ〜〜オーナー重い！」

「まあまあまあ、お前ら落ち着け。俺が手ずから珈琲を淹れてやろう」

智花と弘義は少しばかりの気まずさはあったものの、オーナーの計らいでお互い気持ちが軽くなっている事に気付いた。

「ちぇ、智花ちゃんは今ほんとに好きな人いないんだね？」

「い、いないかな……？」

「じゃあなんでダメなの？」

（ううう……！）

本気で困っていると、すぐに気付いたオーナーが弘義を叱った。

「ヒロ！　智花を追い詰めるのは禁止！　お前嫌われるぞ!!」

ひえっと弘義から小さな悲鳴が上がった。

（オーナー……！）

なんという救世主だろうか。思わずそんな風にオーナーを見つめていたら、弘義にも気付かれたらしく、落ち込んでいた。

「はあ……」

「ヒロ、お前な。こういう大事なことってのは時と場合があるんだよ。なんでお前の都合でぐいぐい進めてんだ。智花のこともちゃんと考えろ」

「う……はい。智花ちゃん、ごめんね」

上に立つ者だからこそ周りを見て気付いていたのだろう。智花の事情も汲《く》んで弘義を諭そうとしてくれていた。

オーナーに淹れてもらった珈琲をお礼を言って受け取り、智花はホッと一息吐く。

「ヒロ〜お前ほんとせっかちだな」

「ううう……」

くどくどと弘義はオーナーに怒られている。そのまま仕事の時間になってしまい、智花達は慌てて店を開店させたのだった。

＊

バイトが終わり、智花は逃げるように家に帰ってきた。申し訳ないと思いつつも、今はこれが最善だと思いたい。弘義と距離を取るべきだろう。

オーナーへはこれでもかと頭を下げた。今度菓子折や赤ちゃん用のギフトを持って改めてお礼を言いに行こうと考えていると、もうすぐ家だという辺りで弘義からのメールに気付く。

思わず現実逃避をしたくなり、家に着くと冷蔵庫へと向かい無言でアイスコーヒーを入れてしまった。

一気飲みをして「ふぅ～」と腹の底から息を吐く。

（開きづらいけど……えい！）

気合いを入れてメールを開くと、弘義のメールは謝罪に始まり、日常の話題からマツの事が触れられていた。

差し障りのない内容に、智花もホッとする。

（これなら普通にメールを返せるかも）

最近のマツの様子は時折メールをしていたので、智花も話題が逸《そ》れて嬉《うれ》しい。かまいたち兄弟の日常なら事欠かないと返事を打っていると、次第になんだかおかしなことになっていった。

（あれ……？）

気付けばマツに会いに来るという約束までしている。つまり、家に来るということだ。

（あれ!?）

メールをスクロールしておかしい所がないか確認するも、どこといっておかしいとは思わないのに、気付けばそんな流れになっている。

(どうなってるの……!?)

混乱したまま断れない空気になり、なんとなくマツ達にも弘義が遊びに来たらどうする？　と聞けば、『ヒロしゃんでしゅか？　ヒロしゃん会いたいでしゅ！　ヒロしゃーん！』と騒ぐので、その様子をそのまま携帯で録画してデータをメールに貼り付けてみたら、見事に弘義がノックアウトした。

【絶対マッちゃんに会いに行くから！】

さらに話題の映画の話になり、どういうわけかホラーDVDを持って来て一緒に見ようと言う。

(んんん!?)

どうしてこんな話題になったんだろうと智花はスクロールしては確認する。返事に気をつけているのになんだか弘義の手の中で踊らされている気がしてならなかった。

「…………はあ」

落ち込む智花に気付いたハクエが声をかけてきた。今日はたまたま、あやかしの世界との定期的な連絡に智花の家に来ていたようだ。

ちょうど白沢《しらさわ》達と庭に出ていたそうで、智花が家に帰り着いた時には玄関に靴がなかったので家に来ていたことに気付かなかった。

「ハクエさん、いらっしゃったんですね」

「お邪魔しているよォ～。ところでなんか凄《すご》いため息が聞こえてきたけどなんかあったの？　甥《おい》っ子が心配しているよォ」

白沢もここ最近の智花の様子が少しおかしいと気付いていたようで、聞くべきか迷ってそれとなくハクエに聞きにいけと命令したらしい。横にいるのにばらしたハクエに白沢が慌てた。

「おい！」

白沢がハクエを睨《にら》んでいるのに気付かず、智花はため息を吐きながら携帯の画面から顔を上げた。

「……私って流されやすいんでしょうか？」

「ぶっ」

「どうして笑うんですか……」

少しムッとしつつハクエに聞くと、ハクエはごめんごめんと謝りながら言った。

「流されやすいとは思うかなァ～。甥っ子と同居しているのもそんな理由じゃなかったっけ？」

「はっ、言われてみれば……！」

白沢は強引に事に及んだ事を忘れているらしい。あやかしから目を付けられやすい事情がある智花から目が離せないと、白沢は智花の話も聞かずに同居すると決定したのだ。

智花の家には白沢の眷属《けんぞく》であるあやかしがたくさんいた。自分一人増えようと変わらないだろうと謎の理屈を持ちだして居座っていると言っても良い。

最近では水《みず》の上《かみ》の事情で逆に白沢を匿《かくま》っているような状況なのだが、智花は流されていた事実を目の当たりにして落ち込んだ。

「何の話だ？」

「はあ……」

「ほんとどうしたの？　なんか悩みかい？　話聞くよ？　甥っ子が原因かなァ？」

「なんで俺だ」

「甥っ子以外考えられないでしょ」

「あの……白沢さんじゃなくて、実はヒロ先輩が来るんです……家に遊びに……」

「ん？　ヒロ先輩ってこないだの鬼っ子かい？」

「なんであいつが来るんだ」

「えっと……マツちゃんに会いに……？」

言い辛《づら》そうな智花の様子で、ハクエは気付いたらしい。

「はは～ん。なるほど、智花ちゃんそれで流されたって思ってるんだねェ」

「はい……」

「どういう話の流れでそうなったって思っているの？」

メールのやり取りの流れで気付いたらこうなっていたと言えば、ハクエは首を捻《ひね》るばかりだった。

智花的にはマツの動画を撮ってしまったのが失敗だったとは思ったのでその事も伝えた。

最近ではかまいたち兄弟の写真や動画をメールに貼り付けるのが当たり前になっていたので、つい反射的にやってしまったのだ。

「差し支えなければメール見せてもらってもいい？」

「いや、さすがにそれは……」

弘義の許可もなしにできないと智花が断ると、ハクエは自分の携帯を取り出して何やらどこかにメールを打ち出した。

するとすぐに返事が来たらしく、「見て良いって返事もらったよ～」と何でもない事のように言ってきた。

「え？　え!?」

受信欄を見たら間違いなく弘義からだった。どうやってと言わんばかりの顔をしていた智花に、ハクエは「簡単だよ」と言ってにっこり笑った。

「そのメールにちびっ子の動画貼り付けてたんでしょ？　だから動画見たいからメール見せてって言っただけだよ」

「策士‼」

「あっはっは、さあさあ」

促されて智花もしぶしぶ見せる。最初の方から順に見ていったハクエは、ニヤニヤしながら「ほうほう、ふーんなるほどね」と呟《つぶや》いていた。

横から同じように画面を覗《のぞ》いていた白沢は、ガラケー仕様の通常のメールのやり取りと動画の区別が分からなかったらしく、どうしてこうなってるんだと智花を質問攻めにして困らせた。

あらかた見終わったハクエから携帯を返されたのだが、結論から言われてしまった。

「鬼っ子は用意周到だね。智花ちゃんの返事の流れも見越しての提案ばかりしてる」

「えっ⁉」

「さすが議員の息子と言うべきか。口が達者なのかなァ？　ほら、よく見て。鬼っ子の話題はこうしない？　ああしない？　どう？　っていう提案ばかりでしょ？」

「あ、はい……そういえば」

「こういった話の流れはね、基本的に返事が二つしかないんだ。YESかNO」

「そうですね」

「そこからの返事で智花ちゃんがどこまで許容できるのかっていうのを探している節がある。そこに智花ちゃんも許容できる共通の話題ちびっ子登場。すると話の流れは一気に早くなるよ」

「ほ、ほんとだ!?」

智花が目を白黒させていると、ハクエは笑った。

「共通の話題で盛り上がっている時に、そういえば最近こういうの見たんだけど智花ちゃんってどう思う？と変化球を投げられるとね、気分が上がってると人ってつい肯定的な返事をしちゃうんだよ。DVDとかその流れで約束させられた感じだねェ」

「………………」

「最近はメンタリズムとか流行《はや》っているからね～。智花ちゃんは純粋培養育ちだから心配だなァ」

「ヒロ先輩、怖いっ」

思わずそう口に出してしまえばハクエがお腹を抱えて笑っている。

「それだけ智花ちゃんに振り向いて欲しくて必死なんだろうねェ」

白沢は動画の見方がまだ分からないらしく、頭の上に「?」マークを飛ばして目を細めて自分の携帯を睨んでいた。

「そーだァ――!」

急にハクエが大きな声を出す。どうしたんだろうと思っていると、あれよあれよという間に弘義に了承を取って来た。

「みんなでDVD大会しよーよォ〜〜! 絶対楽しいってェ〜〜!」

面白そうな事が大好きなハクエが悪い笑顔で何かを画策しているようだった。

かくして急遽《きゅうきょ》、智花の家での夏のホラーDVD鑑賞大会が決まったのである。

*

鑑賞会当日、昼を少し過ぎた頃にインターホンで弘義の来訪を告げられ、智花が門を開けた。

からっとした快晴ではあったが、その分日差しが強くとても暑い。来るだけで弘義は汗だくになっていたが、さわやかな笑顔で挨拶《あいさつ》をした。

「智花ちゃん、お招きありがとう〜……？」

　両手に手土産、かまいたち兄弟へのお土産にＤＶＤと沢山の荷物を持っていた弘義は、智花の背後にいる人物に首を傾げた。

「初めまして……？」

「鬼っ子の一族か——。なつかしいの、なつかしいの〜角がないの〜〜」

　弘義の頭をぐりぐりと撫《な》でているのはサワだった。

　なんと面白がったハクエはサワまで呼んだのだ。

「白沢さんのお祖父《じい》さまでサワさんです」

「サワじゃ。ほっほっほっほっ」

「え……？」

　ふとハクエの方を向いた弘義は、ハクエがニヤリと笑った事に気付いた。

「お、手土産？　鬼っ子は気が利くねぇ〜はい、智花ちゃん」

「え？　あ、ヒロ先輩ありがとうございます！」

「ああ、いや気にしないで……」

　智花が家の中へどうぞと促して先に部屋へと入っていた。その後ろで弘義の肩をポンッと叩《たた》く者がいる。

恐る恐る弘義が首をそちらへ動かすと、そこには笑っていない目をしたハクエが立っていた。

「俺達、智花ちゃんに変な虫がつかないように見張ってるんだァ〜〜」

ハクエの額や頬にぎょろぎょろとたくさんの目が出現する。弘義の顔色は青くなった。

ハッと正面に立っていたサワを見ても、同じように顔中に沢山の目が出現している。

「わしらの目がたくさん光っとるぞい」

サワの沢山の目にぎょろぎょろ見られて弘義の顔色は青から白へと変わっていく。下心はばれていたらしい。

「は、はい……」

ハクエとサワに両脇を囲まれて弘義は家の中へと入る事になった。

弘義はとほほと肩を落としはしたが、持ち前のコミュニケーション能力を発揮して、あっという間に智花の隣に移動して何事もなかったかのように話しかけている。

サワとハクエはお互いの顔を見合わせて、サワが思わず「こりゃ手強《てごわ》いのう」と唸《うな》った。

＊

智花が弘義からDVDのセットを受け取っていると、何かが始まると察したかまいたち兄弟がうろちょろと邪魔をしだした。

そこへハクエ達と一緒に弘義がやってきたので、マツのテンションが急上昇した。

『ヒロしゃ――ん！』

「マツちゃん～～！　会いたかった～～！」

タタタタタ、と駆け寄ってきたマツは弘義の足元へやって来る。

弘義はマツのお腹に手をかけて持ち上げた。そのままマツのお腹に顔をぼふっと埋《うず》める。

『うひゃひゃひゃひゃ！』

「ううう～～んマツマツ吸い～～～～！」

ぼふぼふとマツのお腹に息を吸ったり吐いたりしているらしい。マツが『くしゅぐったいでしゅ～～！』と叫んでいると、マツが襲われていると勘違いしたタケとナカが片足ずつ、弘義の膝裏《ひざ》にタックルをかけた。

突如、かくん！　と体勢を崩して慌てる弘義に、タケとナカは『マツを放せ～～！』と叫んだ。

「危ないよ！」

『うるせえ！　お前の方があぶねーよ！』

『そうですよ！　弟になんて破廉恥な行いをしているのですかっ！』

「破廉恥……!?」

「あーはっはっはっ！　ほんと面白いんだけどぉ！」

ぎゃあぎゃあとやり取りをしている横で、智花はテキパキと準備をしていく。

キッチンの隣にある客間の机を脇に移動させ、大型テレビとDVDプレーヤーをセットして、智花はスーパーで買ってきたお菓子を用意していた。

日頃食べないポテトチップスなどのお菓子を始め、チョコスティックなどを氷グラスに入れて盛ってみたり、別の容器には小さな和菓子セットを用意した。

今日はみんなで夕食の時間まで鑑賞会にするということになっている。

扇風機を二台設置して、飲み物も用意していざ、ハクエが大会開始の乾杯をした。

あやかしが日本を代表するホラーを見るとどうなるのか。

ハクエは周囲の様子を逐一チェックして楽しんでいた。

弘義はすでに見ているようで、時折集中している智花の様子をちらちらと見ていた。

怖がる智花が見たかったようなのだが、家があやかしに囲まれているだけあって、こういった脅かしには耐性があるらしい。

ボロボロで血まみれの四つん這《ば》いの女が髪を振り乱しながら追いかけてくるシーンを見ても、「こういう人って見た事ないなぁ」と呟いているので、かなり平気のようだ。

時折、笑うところではないはずなのに、ふふふと笑っているのが少し怖い。

白沢は眉間《みけん》にしわを寄せてうさんくさそうに見ていたが、幽霊の女が効果音と一緒に登場した瞬間はびくう！　と肩を跳ねさせた。

これを見た瞬間のハクエは笑いを堪《こら》えるのに必死で、なんという苦行かと思ったほどだった。

そしてなんと、サワとかまいたち兄弟の反応が予想外だった。

最初こそサワとかまいたち兄弟はお菓子に夢中でＤＶＤを見ていなかったが、おどろおどろしい音と共に次第に画面に釘付《くぎづ》けになっていく。

「なんじゃ⁉　なんじゃ⁉　なんで成仏せんのじゃ⁉」

『やめろ――！　こっちに来るんじゃね――！』

『悪霊退散陰陽師《おんようじ》！　ハッ‼』

『怖いでしゅ〜〜！　兄ちゃ〜〜ん‼』

どこかの絵画のように叫んで震えるサワと、タケを盾にしてナカとマツがぶるぶる震えながらテレビを見ている。

マツは怖がって両目を両手で隠しているのに、時折指をV字にパッと開いては見て、その都度叫び声を上げるのだ。

見なかったら見なかったで気になって見てしまうらしい。

クライマックスシーンで「ぎゃあああああああ！」という主人公の悲鳴とサワ達の悲鳴が被《かぶ》った。

『ぎゃあああああああ!!』

サワは驚きすぎたのか目と口をあんぐりと開けたまま硬直し、かまいたち兄弟はそのまま後ろに、ぱたりと音を立てて倒れた。

「大変……！」

智花が慌てた声を出し、大丈夫かと急いで様子を見るが、かまいたち兄弟はそのまま気絶してしまったらしい。

スヤァ……と清々《すがすが》しい程の寝顔だった。

「あはははははは!!　もうダメ……！　お腹痛い……!!」

ハクエがひ～ひ～言いながら笑っている。白沢は頭痛がするようで、青い顔をして頭を抱えているし、サワにいたっては血の気が引いて顔色が真っ白になっている。

エンドロールで救いがないと知ってちょっとがっかりした顔をした智花を目ざとく見て

いた弘義が驚いた。

「智花ちゃん、怖いの大丈夫なの？」

「え？　最後は成仏して欲しかったですけど、面白かったですよ！」

「いや、そういう意味じゃなくて……」

「あやかしは見えるのにどういうわけか、幽霊って見た事ないんですよね。本当にいるのか一度見てみたいんですけど」

「えっ⁉」

「え？」

噛《か》み合わない智花と弘義の会話にハクエが笑った。

「智花ちゃんはこういうの見て怖いとか思わないんだねェ～」

「怖いというよりも、痛そうだな～って思っちゃいますね」

「うん、どっかズレてるね！」

「ええー？」

そんなこんなでその後も二本続けて見たら、サワと白沢がぐったりした顔をしていた。

＊

夕飯はいつものカレーではなく、インドのカリーだった。

以前、白沢が食べてみたいと言っていたのを覚えていた智花は、レシピを検索している最中にキットの通信販売を見つけたのだ。

各種スパイスとレシピが入っていて、レビューも高評価だったので試しに買ってみたところ、とてもたくさんのスパイスが入っていて驚いた。

作ったのはマトンドピアザ、ムグルマカニ、アルパラクの三種類。

羊肉を牛肉で代用したのでマトンドピアザとは言えないかもしれないが、臭みもないし羊肉には慣れていないので、これはこれでと思っている。

ムグルマカニはチキン、アルパラクはほうれん草とじゃがいものカリーだ。

ナンは簡単に作れるということだったので、苦戦しながらもチーズナンを作ってみた。

小分けされたカリーを見て、白沢達が驚いている。

「智花、これは……？」

「香りが良いの」

「本場のカリーを作ってみました。ナンっていうこのパンに付けて食べるんだそうです」

「これが噂の……！」

白沢の食いつきがいつもと違う。

ただ、スパイスがきつい場合を考えて、生クリームで調節はしているが、おおむね上手《うま》く出来たと思っている。

「智花ちゃん、カリー作れるんだ⁉」

弘義が感激しているので、智花は慌てた。

「通販でキットを買ってみただけですよ！　レシピもそれに載ってたの。美味《おい》しいかは分かりません！」

「でも見た目も本場だよ～すごいねェ～～」

『良い匂いでしゅ！』

「ほうほう。これが噂のかりいか。なかなか強い香辛料を使っておるの」

サワも薬師だから匂いが気になるらしい。薬のような効能を持つものは、大抵匂いも強いのだそうだ。

味見はしたものの、それがみんなに受け入れられるとは分からない。

智花自身もドキドキしながら、焼きたてのナンを配って手を合わせた。

いつもと勝手が違うのに四苦八苦しながら、ナンをちぎって一口カリーを付けて食べてみる。

「いただきます」

「んっ」

「ほお」

「へぇえ！」

日本で独自に進化したカレーと本場のカリーとはかなり差があって、見た目も味も違うということが分かる。

まずドロドロしていない。香辛料が強い、素材の味そのままだったりする。そして香辛料の力か、身体がカッと熱くなるのだ。

「生クリームで加減したつもりだけど、それでも辛い……！」

もう少し入れておけば良かったと思ったが、白沢達はこれが逆に良かったらしい。

「美味《うま》い！」

サワも白沢も黙々と食べている。両方食べた事があるハクエは「こっちも美味しいけどいつものも好きだなァ」と感想を述べた。

「食べた後もずっとこの香りがしてそう……」

智花がそう苦笑すると、「そうだね」と弘義も笑った。

「次の日お休みとかじゃないとこの匂いはつらいなー。キッチン凄《すご》い？」

「作ってる時も凄かったけど、今も凄いと思います。換気扇回しているけど近所迷惑になってないか心配」

弘義も料理が好きなので、作る側に立って意見を言う。そして料理の手順や、通信販売のサイトを教えてと言ってきた。

「あとでURL送ります」

食べながらカレーあるあるな話を弘義としていた。

「カレーって夕方に匂いが漂ってきて良いよね。あ、あそこカレーかなって思うんだ」

「帰り道でカレーの匂いするともうダメ。カレー食べたくなっちゃう」

「分かる！」

「うちはよく作るから匂っているかな？」

智花は今まで気にしていなかった事に気付いた。あまり隣近所との付き合いが祖父の時代からないために、「あの家、いつも週末はカレーね」なんて言われているかもしれない。

「智花ちゃんの家は空間が違うから匂ってないよォ」

「そうじゃの。匂っても門を入ってくらいかの」

「結界もあるしねェ」

「そうなんですね。金曜日だからカレーって思われてると思ってしまいました」

匂いで、習慣であるカレーの日が筒抜けだったら困ると智花が笑っていると、弘義が食いついた。

「金曜日カレーなの？」

「はい。おじいちゃんが海軍にいたから。その時の習慣みたい」

「あ、だから牛乳が付いてるのか。横須賀《よこすか》に食べに行った事あるよ。その時も牛乳付いていた」

「そうなんですか？ 私行った事ないんですよね」

そんな会話で締めくくった夕食だった。

＊

夕食を食べた後、ハクエとサワと弘義は帰って行った。

いつも通り風呂《ふろ》に入り、寝る時間になってマツがお気に入りの枕を持って智花の所へとやって来た。

『智花しゃん……』

もじもじしているマツを見て、智花は「どうしたの？」と聞いた。

『あにょね、あにょね……』

マツは意を決したように叫んだ。

『怖いきゃら、一緒に寝て欲しいでしゅ!!』

どうやら昼間のホラー映画で怖くなってしまったらしい。他の兄弟は？　とふと隣の部屋へと続いている襖《ふすま》の方を見ると、左右にタケとナカのお気に入りのタオルがずるずると引きずられている事に気が付いた。

タケとナカが襖の陰に隠れているらしい。

「いいよ。みんなおいで」

マツの顔がぱあっと綻《ほころ》んだ。とても嬉《うれ》しそうに喜んでいる。

『ありがとうでしゅ～～！』

予備のひんやりシーツを出して、四つに折り畳んだものを、智花の寝床の横に置くと、そこに待ってましたとばかりにタケとナカがぽーんと跳び乗った。

『あ――！　兄ちゃん達じゅるいでしゅ――！』

ぷりぷりと怒るマツに、タケがいけしゃあしゃあと言った。

『なんだよ！　マツがビビってっから一緒に寝てやるんだろうが！』

『そ、そうですよ！　感謝して欲しいくらいですね』

『うしょだ――！　兄ちゃん達もビビってるでしゅ！』

「はいはい。喧嘩《けんか》しないの、みんなで寝ようね」

智花が三匹のお腹や背中をわしゃわしゃと撫《な》でると、最初こそわきゃわきゃと遊んでいたものの、すぐにすやすやと寝息が聞こえてきた。

三匹の頭を軽く撫でて、智花は部屋の電気を消した。

（おやすみ）

小声で挨拶《あいさつ》をして、智花も横になった。


熱い熱い何かが迫ってきて、智花はそれから逃げるように一生懸命走っていた。

熱気を含んでいるのは自分の肺も同じで、焼けるように熱かった。もつれる足を叱咤《しった》し、冷たい空気がある方へと必死で逃げていく。

走っているその先に、男性がいるのが分かった。

このままでは男性も巻き込まれると思った智花は思わず叫んだ。

『逃げて！』

智花の声を聞いて、男性がこちらへと顔を向ける。その顔は空間が歪《ゆが》んでいるように朧《おぼろ》気《げ》で顔はわからなかった。

智花は間に合わないと思って、とっさに男性に体当たりした。

「はっ……」

全力疾走をした後のような、酷《ひど》い呼吸で目が覚めた。

怖い夢を見た。嫌な汗がじっとりと吹き出している。よく見れば扇風機のタイマーが終わっていた。

隣に寝ていたかまいたち兄弟もどこか寝苦しそうだと思った智花は、扇風機のタイマーをセットして、スイッチを入れた。

すこしぼんやりしていたものの、トイレに行こうと智花は起き上がった。

隣に寝ているかまいたち兄弟を起こさないように気をつけながら、音を立てないようにそっと部屋から抜け出した。

智花は満月の月明かりを頼りに、縁側から回り道でトイレへと向かう。用を済ませた後はキッチンで麦茶を一杯。

冷たい麦茶が食道を通って胃に落ちる感覚がする。それほどまでに身体に熱がこもっていたようだ。ホッと一息吐いてコップに残っていた麦茶を一気に呷《あお》った。

あやかし達は寝静まっている。昼間に観たＤＶＤのせいで夢見が悪かったのだろうか。

それなら血まみれでボロボロの女性が追いかけてくるのではないだろうかと智花は苦笑した。

それに映画で言われていたのは幽霊などは夜に活発に動き出すという。人成らざる者達と一緒に暮らしている智花は、それを聞いて思わず笑ってしまったのだ。

(畑仕事を手伝ってくれるから、みんな早起きなんだけどなぁ)

縁側のすぐ横を歩いて部屋へと戻っている時だった。ふとサッシ窓の向こうをほのかに明るい何かが横切った気がしたのだ。

(……？)

小さな光の塊というよりも、白く発光する湯気の塊のようなものがふわふわと移動していた。

智花の家の縁側の側にはナンテンが植えられている。微量の毒はあるものの、葉が生薬で解熱や鎮咳《ちんがい》、胃腸の活動を促進させる効能がある。

ナンテンのすぐ脇にたどり着いた雲のようなものは、次第に大きくなって人の形を形作っていった。

智花は呆然《ぼうぜん》とその様子を見ていた。真っ白なべん服。べん冠には宝石を糸で通した飾りがのれん状に付けられていた。さらにその頭飾りの内側に、薄い絹のような布が市女笠《いちめがさ》の枲《むし》の垂衣《たれぎぬ》のように垂れ下がっていた。

その布は肩口まで垂れ下がり、男性の顔をすっぽりと覆い隠している。

衣服は時代劇などで見た朧気な記憶しかなかったが、昔のものだという事だけは分かった。

顔が隠されているので年齢は青年くらいとしか分からなかったが、横に植えられているナンテンの木から推測しても身長は高く、やせ形のすらりとした男性だという事は分かった。

幽霊を見ている、という感覚はない。それよりも、サワと会った時のような厳かな気持ちになって、智花は思わずお辞儀をした。

ハッと気付いて顔を上げた瞬間、そこにはもう誰もいない。周囲を見渡しても月明かりに照らされるだけで何も光ってはいない。

（……あれ？）

どうしてお辞儀なんてしたのだろう。頭で先ほどの光景を思い出そうとしても、なぜかぼんやりしてしまって一瞬で思い出せなくなってしまった。

（なんだったんだろう……）

夢でも見ていたのかもしれないと、智花はあくび一つして寝床へと帰って行った。

第五章　あやかしの血

それから数日したある日、弘義《ひろよし》からメールが入った。

その内容は今までとは打って変わって深刻で、なにやら悩んでいるようだった。

【こんなことを書くと変に思われるかもしれないんだけど……】

そんな言葉から始まっていた内容は、目を疑うものだった。

みんなでDVDを見た日の夜に、智花《ともか》が縁側で見た男性とそっくりな衣装を纏《まと》った男性が夢に頻繁に現れるというものだったのだ。

（……嘘でしょう？）

智花はあの時見た夢の内容や、縁側で見た男性のことを誰にも話していない。だからこその異常性がよく分かった。

弘義に自分もその男性を目撃したかもしれないと伝えると、ふと思った。

（ヒロ先輩と同じ人を見ているってことは、もしかしてあやかしのような人だったのかもしれない）

あの時に感じた厳かな気持ちはどちらかといえば、あやかしと言うよりも神様のようなイメージを受けたのだが、そこは早合点しないで第三者に意見を聞こうという話になった。白沢《しらさわ》やハクエに相談した方が良いとすぐに思った智花は、その事も弘義に伝える。弘義からの了解を得て、白沢とハクエに相談した。後日、みんなで改めて会って相談しようとなった。

そしてその日、午後から弘義が来るという段階になって、急に曇り空となった。

「智花、夕立が来るかもしれない」

「本当ですか？　わわわ洗濯物！」

慌てて智花が洗濯物を取り込んでいると、かまいたち兄弟も手伝ってくれた。

手伝ってくれているというよりも、タオルの山にダイブして遊んでいる気もする。

マツだけが丁寧に畳むのを手伝ってくれ、山にした所にタケが何度も飛び込んでくるので怒られていた。

『タケ兄ちゃ――ん！　おこでしゅ――！』

『ごめ、ごめんって！　ワザとじゃねーって！』

『ワザとでしゅ！　めー！　めーでしゅ！』

そんな騒ぎの中、インターホンが鳴る。門にはハクエが来ていて、ちょうど雨が降り始めた頃だった。

「ふい〜〜セーフセーフ！」

「危なかったですね」

「ふふふ、日頃の行いが良いからねェ！」

パチンとウインク一つ寄越《よこ》すハクエに対して、智花の後ろにいた白沢が「ハッ」と鼻で笑った。

「甥《おい》っ子どうしたの？　反抗期？」

「魔男《まお》っ子とやらを万年こじらせている男と一緒にするな」

「ちょっとひどくなーいィィ〜〜!?　魔男っ子ハクエちゃん名刺あげちゃうよ!?」

「いらん」

いじけるハクエを部屋の中へと招き入れ、智花は時計を確認した。

「ヒロ先輩ももうすぐ来ると思うんですが……大丈夫かな？」

そう智花が呟《つぶや》いた瞬間、急にゴオオオオオという音が外からした。

慌てて玄関を開けてみると、スコールよりも激しい雨音が屋根に打ち付けている。地面は打ち付ける雨が撥《は》ね返って真っ白になっていた。

「大変……！」

智花が慌てて携帯でメールを送るが返信はない。もしかしたら弘義も慌てて走っているのかもしれない。

門の鍵《かぎ》を開け、大きめの傘を持って智花が玄関を出ると、傘に打ち付ける雨がとても重く感じた。

門から顔を出して周囲を覗《うかが》うと、ちょうど此方《こちら》へと走ってくる弘義の姿が見えた。

「ヒロ先輩！　こっち！」

「うわああ智花ちゃん～やばいよ雨～～～！」

「急いで急いで！」

さっきまで晴れていたので弘義は傘を持っていなかった。びしょ濡《ぬ》れになっている弘義を傘の中に入れて、そのまま玄関へと二人で急ぐ。玄関に着いた瞬間、ゴロゴロと雷の音がした。

「白沢さん、すみません。脱衣所からタオル持ってきてもらってもいいですか？」

「分かった」

「うわ～すごい。スコールかな？　濡れたねェ」

日頃の行いって大事だよねェ～と、ハクエは今度は弘義をターゲットにしていた。

「そんな日頃の行いのためにどう？　買わない？　怪しい幸せの壺《つぼ》」

「怪しいんだ!?」

弘義が笑いながら突っ込んでいる。白沢と智花にはいつもスルーされるので、反応があってハクエは嬉《うれ》しそうにしていた。

白沢がタオルを持ってきたのでお礼を言って受け取り、智花と弘義が簡単に身体を拭《ふ》いていると急に玄関のガラス戸からピカッと光ったのが分かり、すぐ近くで雷が落ちる音がした。

「ビックリした……近かった？」

「光ってから音が二〜三秒遅れてたから一キロ離れてなさそうだったね」

「それ、理科の授業でやった気がする！」

「こういう時思い出すよね〜」

そんなたわいのない会話をしていた時だった。

ズドオオオオンという轟音《ごうおん》が庭から轟《とどろ》き、地面が揺れた。

「きゃあああ！」

「うおっ!?」

音と揺れに驚いて智花は蹲《うずくま》っている。恐る恐る顔を上げると、神妙な顔をした白沢とハクエがいた。


「え、すぐ近くに落ちた？」

「庭かも……背の高い木がたくさんあるから」

慌てて庭が見える場所へ移動しようと部屋へと上がり、縁側の方へとみんなで急いで向かった。

途中、かまいたち兄弟が目を回しているのに気付いた。

「だ、大丈夫⁉」

智花が慌てて駆け寄ると、かまいたち兄弟は何とか返事をしてくれた。

『きゅ〜でしゅ〜〜〜……』

『耳がぁぁ……』

『轟く雷鳴、神々の怒り我死す……』

庭の木に落ちて火事になっては困ると、智花は家の所々に設置してある消火器を一つ持って縁側へと急いだ。

そこには白沢とハクエが先にいて、何やら真剣な表情をして黙り込んでいた。

「庭は……⁉」

智花が慌てて見ると、家から少し離れた場所に植えられているトウシキミの木が煙を上げているのが分かった。

「トウシキミに落ちたの!?」

火事になっては困ると智花が消火器を持って出ようとしたが、白沢が智花を止めた。

「ダメだ」

「でも火が噴いたら……」

「智花ちゃん、大丈夫だから落ちついて」

「え?」

どういうことだとハクエを見上げるが、白沢もハクエもトウシキミの木を凝視したまま動かない。

二人とも真剣な表情で顔色が悪かった。

「どうしたんですか?」

この異様な事態に弘義も怪訝《けげん》な顔をしてトウシキミの木を見ると、次第に木から立ち上っていた煙が形を作って集まり、ふわりと発光して此方へと向かってくるのが分かった。

「うわっ!?」

弘義の悲鳴が木霊する。智花も悲鳴を押し殺して口元に手を当てた。

その煙は次第に人の形をとる。

「嘘だろ……夢の中の……」

弘義がそう言った瞬間、人の形をした煙がふっとかき消えた。

「な……」

白沢がどこに行ったと周囲を見回した瞬間、智花の手をガシリと掴《つか》む者がいた。

『この間は助けてくれてありがとう』

弘義から知らない男の声がした。智花はひっと悲鳴を上げてしまった。

「ナムチか……！」

白沢が弘義から智花を引きはがして背後に隠した。

『白澤《はくたく》の気配がするとは思っておりましたが……なるほど、彼女を守護しているのですね』

弘義はふふふ、と上品に笑った。

「鬼っ子の血か……まいったねェ。神降ろしをしてしまったようだ」

「神降ろし？」

「審神者《さにわ》って言っても分かんないか。うーん、なんて言えばいいかねェ。憑依《ひょうい》って言えば分かるかい？」

「え……」

どうやらナムチという人物に弘義は身体を乗っ取られてしまったようだ。

ナムチと聞いて智花はある事を思い出した。イナが蒲黄《ほおう》を使った薬を献上していると言っていた相手だったはずだ。

「ナムチ様……？　イナさんが言っていた……？」

その答えをハクエが教えてくれた。

「地津主大己貴神《くにつぬしおおなむちのかみ》。呼び名は色々あるけれど、まあ神様だね」

「神様……！」

智花が縁側で初めて目にした時に、神様のようなイメージを受けていたが間違っていなかったのだ。

「鬼っ子は血が濃いと聞いていたけれど、まさか神降ろしまでやってのけるなんて将来有望だねェ」

「そんな事を言っている場合ですか!?」

慌てる智花を余所《よそ》に、ハクエ達は「何の用です～？」とどこ吹く風だった。

神降ろしをして弘義は無事なのだろうかと心配していると、智花の気持ちが分かっていたのか、ナムチが笑って答えた。

『この青年は少し眠ってもらっていますから大丈夫ですよ。私はあなたにお礼がしたかったんです』

「お礼……ですか？」

何の事だと思っていると、イナが献上した薬の効果が劇的に良く、思わず事の顚末《てんまつ》を聞いたそうだ。

『私は全身がやけどで爛《ただ》れていまして、イナが気を病んで毎年薬を献上してくれるのです』

「あ、ナムチ様のやけどの原因はイナの予言なんだよォ」

「ひえっ」

イナの不幸を呼ぶ予言。顔を隠していたのは、爛れた顔を隠すためだったのかとようやく思い至った。

昔イナを助けたナムチは、お礼に問題の予言を受けたそうだ。それは近い将来、素晴らしい妻を娶《めと》るというものだった。

その後、予言通りに妻と出会い結婚できたが、それを妬《ねた》んだ実の兄弟達にナムチは殺されてしまったらしい。

『その後も悪夢となって長年当時の事を夢に見ていたのですが……薬を塗った後に見た夢で、あなたが出てきたのです』

「え……？　夢？」

何のことだろうと思っていたが、そういえば悪夢を見た気がする。赤く爛れた石か何かが迫ってくる夢。それから必死に逃げていたはずだ。

その事を伝えると、ナムチは笑いながら『私が殺された時の夢です』と教えてくれた。

真実を聞いて、智花は言葉もなく青ざめた。

『あなたも逃げていたのに、私を助けようとしてくれました。私も驚いて起きてみたら……疼《うず》いていた爛れがかなり消えていたので驚いたのです。イナから話を聞いて本当に驚きました』

「……お礼をするためにわざわざ出てきたのか？」

白沢はイナの予言の話を聞いて嫌な予感がしていた。こうなるのではないかと頭のどこかで思っていたらしい。

『緑王の手の持ち主のあなたにお願いがあるのです』

「わ、私ですか……？」

『白澤の地である池に、傷ついた水《みず》の上《かみ》が癒《い》やしに来ていると聞きました。私の見方ですと彼はもう長くないでしょう。あの地をこれ以上不浄の血で穢《けが》さないために、あなたに癒やして欲しいのです』

「智花に薬を作れというのか？」

『白澤の地はあやかしの薬を作るために薬草が集中して植えられている地。あの地は仙界にも通じる場所。これ以上穢されるわけにはいかないのです』

「………」

白沢からギリリと奥歯を噛《か》みしめているような音がした。

『生きようと必死な彼を、そのままにするのですか？』

白沢はハクタクと呼ばれる薬を司《つかさど》る神獣だ。その地にはあやかしを守るための薬草がある。水の上の血が、大事な薬草や畑を穢しているという。

（畑……）

思わず縁側から見える畑を視界に入れた。いつもと変わらない自分の庭。

ここが荒らされたら、あやかし達が困る事になったらと、自分の庭とあやかしの世界にあるという薬草畑が脳裏で重なって、智花は思わず言った。

「作ります」

「智花！」

焦った白沢が智花の腕を掴んだ。

他人《ひと》ごとではない、と智花は思った。逆の立場で大事な庭がまがまがしいもので汚染されたとしたら、智花は泣きながら叫ぶだろう。

この状況を助けてもらえる人物が目の前にいたとしたら、智花は迷いなく頭を下げてお願いする。

白沢がそれを智花に言わないのは、智花を気遣って言えずにいるのだと痛いほど分かった。

「白沢さん、私、以前言いました。薬草を必要な人に使って欲しいって。何が必要か教えて下さい！」

「智花……」

『ありがとう。そう仰《おつしや》って頂けると信じていました。必要な物は彼から聞いて下さい』

「彼？」

そう疑問に思った瞬間、庭に叫び声が聞こえてきた。

「なんじゃなんじゃ！　こないだ野に放り出したのを怒っとるのか⁉」

『違いますよ！　ナムチ様に頼まれたのです』

「なんじゃと――⁉」

聞き覚えのある声だ。思わずそちらへと顔を向けると、イナの頭突きアタックに押し出されるようにサワが急に現れた。

「サワさん⁉」

「ほわっ⁉　なんじゃ、ここ嬢ちゃんの庭か？　どうやってここに⁉」

『ナムチ様が結界に穴を開けられましたゆえ』

「なんじゃと――!? 頑張って補強したのに！」

先ほどの落雷で穴を開けたらしい。しれっと『すみません』とナムチの謝罪が飛んできた。

すでにスコールは通り過ぎたとはいえ、小雨がぱらついている中、サワが慌てて縁側から家の中へと避難した。

「なんなんじゃもう～わし、忙しいんじゃぞ～～」

『そう言わず。水の上を助けて欲しいのです』

「そうは言うてももう虫の息じゃて。近付こうにも暴れおって治療もできんかったからの」

『彼女なら助けられます』

ナムチがそう言うと、みんなの視線が智花に集中した。

智花はごくりと唾液《だえき》を飲み込み、意を決してサワに頼んだ。

「薬の作り方を教えて下さい」

「嬢ちゃん……本気か？」

「混ぜたりしかできませんが、私が作れば助けられると……」

「緑王の手か……う～ん」

「薬の材料ならあると思います。サワさん……！」

あやかしの薬の拠点でもある薬草が集中している場所が穢されれば、白沢達の今後にも関わってくるだろう。

サワが忙しいのは、水の上に穢されている地を捨てて新たな場所へと移動するための準備に追われていたからだった。

「あいわかった。腹を括《くく》ろうぞ」

サワの言葉に、覚悟を決めた。

＊

事務所の奥にある調合室へと一行は移動し、智花はサワがこれから言う材料をメモしようと信吉《しんきち》の形見でもある万年筆を取り出した。

これから作る薬の名前をサワから聞かされて智花は驚いた。

「ガマの油……ですか？」

その名前を聞いて智花は困惑が隠せない。動物から獲《と》れる材料はここには一切ないのだ。

「蛙のあぶらは取り扱いがないのですが……」

「ふおっふおっ、違うぞ嬢ちゃん。ガマの油は蒲黄を使った薬じゃ！」

「え⁉　ガマガエルじゃないんですか？」

一般に言われているのはガマガエルの目の後ろにある腺《せん》から分泌されるセンソという成分だったのではないだろうかと智花が思い出していると、色々あるんだよォ～とハクエが教えてくれた。

「ガマの油はそれが有名みたいだけど、蒲黄とかムカデを煮詰めたやつとかあるよ」

「ぎゃっ！」

ムカデを煮詰めたものをゴショウと言うらしい。潰《つぶ》れたような悲鳴を上げた智花を見て、ハクエはある事に気付いた。

「智花ちゃん、何気に虫がダメだね？」

以前、義乃《よしの》に作る薬の材料で蝉の抜け殻の話をした時も智花は全力で嫌がった。ムカデを想像して鳥肌が立ってしまった智花は、自分の腕をさすりながら苦々しい顔をしながら言った。

「ううう……畑で見たりは平気だけど、それが薬になるとか考えるとちょっと……」

「ああ～服用を考えるとダメって事ね」

「はい……すみません……」

「いやいや、大丈夫だよぉ」

畑を耕しているのに虫がダメなのかと言われると立つ瀬がない。

そんなやりとりをしながらも急いでサワから言われた漢方や代わりとなる材料を集めていった。言われるとおりに量りにかけて数を揃えていく。

足りない材料は智花が薬局へと買いに走った。そうこうしてようやく集まった材料で、ガマの油を作るという。

「蒲黄、紫根、ワセリン、尿素、ハッカ油、オリーブ油……これで全部でしょうか？」

「本当は純粋なサメの油が欲しかったけれど、似た成分がオリーブ油に入ってるんだよぉ〜スクアレンって言うんだけどね」

「スクアレン……スクワランなら聞いたことあります」

「ああ、それの別名だよぉ。そっちは化粧品用として酸化しないように水素を添加したやつだよぉ」

「へぇえ！　知らなかった〜〜！」

サワが言う材料は智花にとって馴染《なじ》みがなかったために困惑していたが、ハクエが「これで代用できるよぉ〜」と教えてくれた。

「ワセリンなんかも白色とか黄色とか種類があるでしょ？　薬で使うのは精製度が高い白

色なんだけど、黄色の方は精製度が低かったり、ビタミンや酸化防止剤を添加させて黄色くしているのもあるよぉ。こっちは主に化粧品だねェ」

「すごい、ハクエさん博識！」

「えっへん！」

「なんや色々あるんじゃの。下界はめんどくさいのお」

「親父がそれを言っちゃおしまいでしょぉ～？　あやかしの世界は石臼《いしうす》でごりごりだから仕方ないけどぉ。親父が作る薬、砂利入ってない？」

「失礼な息子じゃの。ちゃんと池の水で洗っておるわ！」

「だめじゃ～ん！」

あやかしの世界は大分おおざっぱのようだとハクエ達の会話から分かって智花は苦笑した。

日常で薬を使うにしても薬品アレルギーなどの事情がなければ、効用に合わせてそのまま買って使うだけで、ほとんど成分を知ろうともしないだろう。

配慮に気付かず、それが当たり前だと慣れてしまっているせいだ。

（日常のありがたみがすごく分かるわ）

昔はこうやって薬を作っていたのだと、とても勉強になる。

身振り手振りでざっくりな説明をするサワの言葉を、ハクエが分かりやすく噛み砕《くだ》いて説明してくれた。ハクエに言われたとおりに智花は丁寧に材料を湯煎《ゆせん》にかけて混ぜていく。

細やかな部分はさすがに難しいとサワ自身がやってくれた。

柔らかい内に大きめの壺《つぼ》に詰めていく。結構な量になったが、水の上の傷の具合からはこれくらいは必要になるとの事だった。

「できた……！」

壺に入りきらなかった分も小分け容器に詰めていく。ある程度固まるまでの時間に、白沢達は話し合いをしていた。

「で、これを誰が持っていくんだ」

「水の上はわしらを見ると暴れるからのう」

顎《あご》のヒゲを撫《な》でながら、サワがう〜んと唸《うな》った。

「ナムチが薬を持って行くんじゃないのか？」

作らせるだけ作らせておいてその後を考えていなかった、などという話になるのかと白沢が気色ばむ。

あやかしの世界の話なので、智花は蚊帳《かや》の外だった。弘義に乗り移ったままのナムチは何を聞かれてもにこやかな表情をしたまま口を開こうとしない。

（これ以上は私は何もできないよね……水の上というあやかしは出血が酷《ひど》いって聞いていたけれど……大丈夫なのかな？）

血に汚染されて周囲が穢《けが》れてしまっているらしい。相当な失血量ではないだろうかと智花が思っていると、ふと思い出した植物があった。

（そうだ、棗《なつめ》の実……！）

薬と一緒に色々持っていったらどうかと智花はキッチンへと行って、棗の実を砂糖漬けにしておいたものと、冷蔵庫から仙桃をいくつか取り出した。

少し大きめのバスケットタイプの籠《かご》に入れて、薬もしっかり蓋《ふた》をして入れておく。これもまとめて持っていってもらおうと、智花がいそいそと準備をしていると、気付けばみんなから注目を浴びていた。

「智花、何をしているんだ」

白沢の問いに、智花は籠の中を見せた。

「薬と一緒に持っていってもらおうと思いまして。出血が酷いなら血を作る棗で作った砂糖漬けと、あと仙桃です」

「仙桃……！」

白沢達がぎょっとした顔をした。イナも目をらんらんと輝かせて仙桃に食いついている。

『仙桃ですと⁉』

「他言無用だ！」

怒る白沢はイナとナムチに忠告する。ナムチもイナに『ダメですよ』と窘《たしな》めていた。

「でもそれ食べさせちゃったら元気になって暴れないかなァ？」

「仙桃はダメだ」

白沢は問答無用で籠の中から仙桃を取り出そうとしたが、智花は少しムッとした表情で言った。

「傷が塞《ふさ》がっても、血が足りなければ死んじゃうかもしれません。体力だって落ちているはずです。薬だけじゃ助けるには足りないって白沢さんも分かっているでしょう？」

「智花……」

「助けるって言うなら、アフターケアも大事です！」

「いや、確かにそうだが……」

確かに義乃にも、アフターケアとして仙桃や薬を常時送り続けている。

智花の迫力に白沢がたじたじになっていると、ナムチが笑った。

『あなたを見込んだだけのことはありました。それでこそ緑王の手の持ち主』

「え？」

『準備は整いました。行きましょう』

ナムチがそう言った瞬間、ぶわりと風が吹いた気がした。

「しまった！　智花――ッ！」

白沢の慌てた叫び声が遠く聞こえる。智花の意識はそのまま真っ黒に塗りつぶされた。

第六章　水の上

さわさわとせせらぎが聞こえているのに気付いた。ふわふわと揺れているのが自分だと気付いて智花《ともか》は飛び起きた。

ばしゃりと水音を立てて智花が立ち上がる。水の上にぷかぷかと浮かんでいたような錯覚がしていたが、どうやら錯覚ではなかったようだ。

足下は何かの植物が所狭しと潰されていて、周囲は薄暗く蛍の光のような僅《わず》かな光がぷかぷかと浮かんでいる。

「どこ……ここ……」

びしょ濡《ぬ》れになっている智花だったが、ふと池のような場所に自分がいる事に気付いた。

池は広く、端が暗くて分からない。

自分が座り込んでいる足下の感触がおかしいので手で探ってみると、細長い葉の植物が所狭しと横たわっているのが分かった。どうやらその上にいるらしい。

水かさは植物から数センチほどしかないが、ガマの穂が柔らかい絨毯《じゅうたん》のようだった。智花はその上に倒れていたようだ。

ふと光り輝く雲のような塊が、人の形を作った。水の上に立つか立たないかの位置で浮いているその人物は、手に先ほど智花が用意した籠を持っていた。

「ナムチ様……？」

『手荒な事をしてすみません。私も白澤《はくたく》も、血で穢れきったこの場にこれ以上入るのはとてもつらいのです』

「じゃあここは……」

『あやかしの世界の池です。水《みず》の上《かみ》の死期が近く、瘴気《しょうき》が漂いつつあります。急いで下さい』

「……どこにいるんですか？」

ナムチから籠を受け取った智花は、ナムチが指さした方向を見る。

籠を濡らさないように脇に抱え、智花は足を取られながらも進んだ。数メートルほど進めば、白い細長いなにかが浮いているのが分かった。

（何これ……？）

細長いと思っていた白い物体は、遠くに行くにつれてどんどんと太くなっているのに気付いた。

（え……まさか）

その先を確かめるために近付いていくと、着物を着た男性が浮かんでいるのが分かった。白い身体に薄青い長い髪。胸元は引き裂かれており、そこから血がゆらゆらと池に流れているのが分かった。

目は閉じられたままだったが、とても綺麗《きれい》な人であるのは分かった。胸元の膨らみがあったら、誰もが女性だと思うだろう。

「あ、足が蛇……じゃあこの人が……」

智花は意を決して近付いていく。人の気配に気付いた水の上が視点の定まらない目を智花に向けて威嚇した。

『だれ、だ……おんな……？』

「まだ生きてますね!?　良かった！」

急いで水の上に近付こうとするが、水に足を取られて上手《うま》く進めずにいた。

智花が近付いてくると分かった水の上は、牙《きば》を剝《む》き出しにして威嚇した。しかし力なく、話すのもやっとの様子だった。

『われ、に、ちか、づ、くな……！』

傷を負って警戒しているのが分かった智花は、ゆっくり近付きながらナムチの名を出してみた。

あやかしにも有名な神様の名前は意外と有効かもしれないと思ったのだ。

「ナムチ様に助けるように頼まれました。じっとしていて下さい！」

『なむ、ち……？　ぐはっ』

口から血を吐き出した水の上に、智花が悲鳴を上げそうになった。

震える手で先ほど作ったばかりの薬が入った壺を手に取る。湯煎したばかりなのでまだほんのりと温かかった。

『なに……を……』

「薬を塗ります。さっき作ったばかりなんですよ」

『ぐ……』

「失礼しますね」

破られている着物をはだけさせて傷口を露出させると、水に濡れていた傷口からぶわりと血が噴き出した。

水に浸《つ》かっていたせいでかさぶたにもならず、そのまま血が流れるだけ流れてしまったようだった。このままでは失血死してしまうだろう。

焦る智花の気持ちが手の震えとなって現れる。

（助けるって決めたでしょ！）

自分を叱咤《しった》して気合いを入れる。急げ急げと呟《つぶや》きながらたっぷりと薬を掬《すく》って、智花は水の上の傷口に薬を塗った。

自分にそんな力があるとは思っていなかったが、今はとにかく助かって欲しいと、ただそれだけを祈りながら薬を塗り込んでいった。

『あつ……い……！』

「すみませんすみません！」

苦悶《くもん》の表情で呻《うめ》く水の上に智花は心から謝りながらも塗る手は止めない。塗った側から傷口が塞がっていくのが分かった智花は涙目になりながらもホッとした。今はとにかく傷口を塞いで、これ以上の血が流れるのを防がなくてはならない。

胸元の大きな傷を塗り終わった後は、顔や手、足に当たる部分と傷と思わしき所を次々と癒《い》やしていった。

しばらくすると、水の上は自分に起きている奇跡に気付いたらしい。意識がだんだんはっきりしてきたようで、困惑しつつも智花が何をしているのか黙って見ていた。

痛みも緩和してきたのか、徐々に眉間《みけん》の皺《しわ》も取れ始める。それと同じように智花の震えも止まり、優しく扱われているのに気付いたようだ。

『我の……傷が……』

「他に痛い場所はありますか？」

しばらく迷っていたようだが、背中にも傷があると言われた。

智花は水の上の首の後ろに左腕を潜り込ませて上半身をゆっくり起こさせると、水の上は目眩《めまい》を起こしたらしい。ぐったりと智花にもたれかかった。

『ぐう……なんとなさけない……』

水の上の背中は見るも無惨な有り様だった。場所によっては骨まで見えている状態で、よくこれで生きていたと思った。

智花は水の上の背中に回る。えぐれた背中の肉を見て、いつのまにか泣きながら薬を塗っていた。

「酷《ひど》い……」

『…………』

治れ治れと思いながら薬をたっぷりと塗っていくと、塗った側から肉が盛り上がり、すうっと傷が消えていった。

肉が動くのがむずがゆいのか、時折肩がぶるりと震える。水の上は呻きつつも、じっと耐えていた。

『……痛みが引いていく。ナムチに頼まれたと言っていたな。お前は一体……』

「薬を作って助けて欲しいと頼まれました。この地を穢《けが》されると困るって」

『穢れ……ああ、あやつか……』

その後は黙々と智花は薬を塗り続け、水の上も黙って治療を受けていた。

目に見える範囲の傷を一通り治すと、智花は籠《かご》の中に入れていた仙桃を思い出した。

「忘れてた……！」

籠の中を覗《のぞ》き込むと棗《なつめ》の砂糖漬けが入った瓶と仙桃がちゃんと入っているのが分かった。

とりあえず瓶は置いておいて、仙桃を手渡すと水の上の顔色が変わった。

『な、……まさかこれは⁉』

「食べて下さい。傷が塞《ふさ》がっても失った血は戻らないですから。あと、こっちは棗の砂糖漬けで血を作る手助けをしてくれます。これも後で食べて下さいね」

ガマの油もまだ半分は残っている。これも元のようにコルクの蓋《ふた》できゅっと音が鳴るまで封をして、籠に戻して水の上に渡した。

籠ごと手渡された水の上は、中に入っている数個の仙桃を見て未《いま》だに信じられないと智花を見た。

そこでようやく智花が人間だと分かったらしい。

『お前……本当に人間か？　どうやってここに……』

そこまで言った所で、遠くから誰かを呼ぶ声がした。

「え？」

聞き覚えのある声、まさかと智花が振り向くと、神獣の姿になった白沢《しらさわ》が智花を捜しに来ていた。

「白沢さん！」

『智花！　無事か⁉』

空中で人の姿に戻った白沢は、ふわりと水面に降り立ち、慌てた様子で智花の腕を引いて水の上から距離を取らせた。

「どうしてここが……」

「ナムチに連れて行かれたのが分かったから、追いかけてきたんだ」

「……っ」

白沢は智花の身体を検分するように下から上まで見ながら、どこにも怪我はないか、何もされていないかと矢継ぎ早に聞いてきた。

頭から水を被《かぶ》っていた智花は、泣いていた事には気付かれなかったようだった。

白沢が捜しに来てくれた。智花は嬉《うれ》しくて、緊張の糸が切れたかのようにくしゃりと顔を歪《ゆが》めた。正直に言うととても怖かったのだ。

「白沢さん……！」

「魂と身体が長く離れていると戻れなくなる。すぐに帰るぞ」

智花の肩を抱き、ふわっと浮き上がる。感覚的なものかもしれないが、重力を感じない浮き上がり方に智花は混乱して思わず白沢にしがみついた。

「わああ！」

「しっかり掴《つか》まっていろ」

「は、はい……！」

帰れる、そう思った時だった。

『待て……！』

水の上が慌てた様子で白沢達を止めた。白沢は水の上を睨《にら》んだまま、「何だ」と一言聞くが、水の上は戸惑ったまま智花をじっと見ていた。

「ナムチの願いでお前を助けた。怪我が治ったならさっさとここから出て行ってくれ。迷惑だ」

『……………』

「治療も仙桃もこれっきりだ。次はない」

白沢はそう言って、智花を抱く腕に力を入れて一気に空へと浮く。

智花は怖くて思わずぎゅうっと目を閉じた。

「そのまま目を閉じていろ。すぐに終わる」

白沢の言うとおり、智花の意識はそのまま遠くなり、ぷつんと途切れた。


水の上は白沢と智花が消えた場所をしばらく眺めていた。

あれほど全身をズキズキと苛《さいな》んでいた痛みと、血と共に抜けていく力の流れが止まった。抜け落ちた力がすぐに戻る事はないが、九死に一生を得るとはこの事かと身を以《もっ》て知る。

身内に騙《だま》されて酷い傷を負った。己の死期が近かったのは分かってはいたが諦《あきら》めきれず、血まみれになりながら薬を求めた。

残る力を振り絞って白澤の池に飛び込んだが、助けようとした白澤すらも敵に見えて威嚇してしまい近付かなくなってしまった。

それよりも流れてしまった己の血が災いして、清い力を持つ白澤は近付けなかったようだ。

もう助からないと思っていただけに、未《いま》だに信じられない気持ちでいる。

それを証明するように手元に残ったのは、智花が渡してきた水に濡《ぬ》れた籠だった。仙桃と壺と瓶が浸透した水に浸かってぷかぷかと浮いていた。

仙桃は三つ。神の中でも一握りしか食べる事はできないと言われている仙桃。

仙界で育てられる仙桃は、白澤すらも育てる事が容易ではないと聞く。

厳重に管理されているはずの仙桃を容易《たやす》く渡してきて、何を強要されるかと思えば、さっさと出て行けと言われただけだった。

白澤が叫んでいた名を口にした。

『……智花』

事情を何も聞かず、ただ黙って治療をした人間の女。水の上は智花から手渡された仙桃を、恐る恐る一口齧《かじ》り付いた。

『……！』

じわりと広がる甘みと全身に行き渡る活力。腹の底からわき上がってくる力。一口でこれかと驚愕《きょうがく》しながら、水の上は大事に、大事に食べた。

水を操る水の上は、仙桃の水分から、どう育ってきた物か分かる。

手塩にかけて育てられてきた仙桃。緑王の手の加護を以て、さらなる効力を得た仙桃から、長年の記憶までもが流れ込んできて、水の上は言葉を失った。

一口、また一口と食べるごとに溢《あふ》れてくる温かい記憶。食べて元気になって、という気持ちがこれでもかと詰まっていた。

水の上の目からぽたり、ぽたりと水が流れる。

『………智花』

水の上は、もう一度智花の名を呟いた。

＊

智花はあやかしの世界から戻ってきたというよりも、いつものように目が覚めたといった方がしっくりしていた。

気付けば自分の部屋のいつもの天井が視界いっぱいに映っている。ペンダントライトの明かりが常夜灯モードになっているのに気付いた。

今は夜なのかもよく分からない。寝ている左側から扇風機が動く微《かす》かな機械音と共に優しい風が届いてくる。

起きた瞬間、なぜか「おはようございます……」といつも言わない挨拶《あいさつ》を呟《つぶや》いた。寝ぼけていたのかもしれない。

「智花ちゃん戻って来れて良かったァ。一時はどうなる事かと思ったよォ〜〜」

突如天井だけ映っていた視界に、ハクエとマツがひょっこりと入ってきて僅《わず》かな光が遮られて真っ暗になり、何事かと驚いた。

「わっ⁉」

慌てた声を上げると、電灯からぶら下がるプルスイッチの紐《ひも》を二度ほど引っ張った白沢によって部屋が明るくなった。

思わずまぶしさに目を細めていると、ハクエが今の状況を説明してくれた。

薬を作った直後から、六時間ほど経過していたようだ。今は夜だと聞いて智花は驚いた。あやかしの世界の出来事は一瞬で夢の中の出来事のようでもあり、かといって細部までハッキリと思い出せるような感覚もあったりと、不思議な感覚が身に起きていた。

「魂が身体から離れていたから、魂と身体の記憶が反発しているんだろう。身体に戻した後も数時間は眠り続けていた」

白沢がそう説明してくれるが、頭はまだぼんやりとしていてどこか夢うつつに聞いていた。

「そうだったんですか……」

『智花しゃん、智花しゃん、まだ具合悪いでしゅか？』

反応が鈍いせいか、マツが心配して覗《うかが》ってくる。膝《ひざ》に乗って胸元までよじ上り、一生懸命に手を伸ばしておでこの熱を測ろうとしてくれていた。

しかしマツの腕は短く胴体が長いので、智花の顔にべしゃっと上半身がのりかかる形になった。

くすぐったくて智花は笑った。

「ふふふ。マツちゃん大丈夫だよ、ありがとね」

『ほんとでしゅか？』

「うん。白沢さんが助けてくれたの。心配してくれてありがとう」

マツの背中をわしわしと撫《な》でる。お尻《しり》の辺りをぽんぽんと軽く叩《たた》いていると、『ひゃ～』とご満悦の表情をしていた。

智花の上半身の上でごろんごろんと転がりながら甘えてくるマツを心ゆくまで甘やかしていると、サワに連れられて弘義《ひろよし》とイナがやって来た。

起き上がろうとしたら目眩《めまい》がしてよろめく。慌てた白沢が支えてくれ、弘義にそのままでと手で制された。

『水の上を助けて下さってありがとうございます』

ナムチは弘義からまだ出ていなかったらしい。弘義じゃなかったと気付いた智花は、床の上から会釈だけ返した。

『無理矢理連れて行ってしまってすみません。私と白澤ではあれ以上水の上に近付けなかったので、あなたに頼るしかなかったのです』

「だからといって智花でいいはずがない。あのまま置き去りにされていたら死んでたんだぞ！」

白沢がナムチに食ってかかった。殴りかねない勢いだったので、サワとハクエが慌てて白沢を押さえつけた。

あやかしの世界は、いわゆる死後の世界である霊界と同じらしい。こちらと違う世界だからこそ、人では入れない世界であると聞いて智花は震え上がった。

「あちらの世界に人間が行き来するには魂を入れる形代《かたしろ》となるものが必要。急を要していたとはいえ、甥《おい》っ子が守るべき人を危険に晒《さら》した事に変わりはない」

ハクエも静かに怒っているのが分かり、驚いた智花は白沢とハクエを交互に見た。

無事だったからというのは自己満足の結果論でしかなく、今後またこのような事に巻き込まれては敵《かな》わないと、白沢が神を相手に食ってかかっていたのだ。

それらは智花の今後を守る上でも重要な意味を持っていた。

『もちろんこのままにしません。この庭も、緑王の手を持つ彼女も、守らなくてはならない存在なのですから』

にっこりと笑うナムチの表情にすぐに裏があると感じた白沢は、これ以上智花に関わるなと叫んだが、ナムチは首を横に振った。

『この庭と彼女に関して、私も守護する一神に加わりましょう』

ナムチの言葉に、サワやハクエが息を呑《の》んだ。

「この庭は俺の庭だ！」

『もちろんですよ。ただ、この庭の守護に私の名前を加えるだけです。私が直接手を出したりはしません。これはお礼なのですから』

「………………っ」

白沢の怒りように智花は困惑する事しかできなかった。ナムチは神だというが、白沢が拒絶する理由が何かあるのだろうか。

顎《あご》に手を当ててう〜んと唸《うな》っていたハクエは、観念したようにため息を吐き、白沢を説得しはじめた。

「智花ちゃんの手と庭は今後守り切れるか分からない。この話は保険の意味も込めて俺は良いと思う」

「そうじゃの。孫が守るにはちと重荷じゃろうて」

黙り込んだ白沢は忙《せわ》しなく目が泳いでいた。悩んでいるのだろう。

「甥っ子も分かっているはずだよ。何かあってからじゃ遅いんだ。それにいつもあやかし相手とも限らない。次は厄介な神が出てくるかもしれないぞ」

「……俺じゃ守れないというのか」

「そうは言ってないでしょぉ～～」

脱力するハクエが、そうだと智花を見た。

「智花ちゃんはどう思う？」

「えっ⁉」

急に話が振られてきたと智花はたじろいだ。

「えーっと……お話をお聞きする限り、ナムチ様はこの庭を守って下さる方々の中に加わって下さるということでいいですか？」

「そうじゃの」

「庭の薬草の管轄などは白沢さんで変わりはないでしょうか」

『もちろんです』

「えーっと……他は、守護して下さるのは今回のお礼ですから、今後の薬草管理などに口は出さないとお約束して頂けますか？」

『いいでしょう。私は見守るだけに徹しましょう。しかしあなたにちょっかいを出してくる者がいれば、少しこらしめるかもしれませんが』

からからと笑うナムチを見て、どういうわけかぞわりと寒気が走った。

サワ達は冗談じゃないとばかりに青くなっていたので、その言葉が意味するものはとても大きく、恐ろしいものなのかもしれない。

だがこうして話をしてみると、きちんと話を聞いて下さる神様だという事が分かった。

(こうしてお話しできて、ちゃんと皆に相談できるなら大丈夫な気がする)

その気持ちを後押しするかのように、脳裏に祖父の姿が過《よぎ》った。

きっと祖父だったらこう言うだろう。「よろしく頼む」と。

あやかしを家族だと言っていた祖父を思い出して、智花は心がほっこりと温かくなった。

一緒に庭を守ってくれる。それだけで智花は嬉《うれ》しいと思った。

他に何か引っかかるものがあるかといえば、あるといえばあった。

「う〜ん……」

「まだ何か聞きたい事あるのかぃ?」

「思ったんですけど……白沢さん」

「……なんだ」

「この庭の結界って、ハクエさんとサワさんがやって下さっていると思ったんですが……」

智花の言葉に白沢は「うん？」と少し理解できないような表情をした。

しかし、当のハクエとサワには智花が言わんとしている言葉の意味が分かったようで、ニヤニヤとしだしたのだ。

「その結界にナムチ様のお名前を加えて下さるというのなら、特に今と何も変わらないというか……私にしてみれば味方が増えるという認識しかありません」

「いや、しかし……」

「白沢さんが結界を作って下さったんでしたっけ？」

「ち、違う……な……」

ようやく言わんとしていることが分かったようで、白沢はだんだんと声が小さくなっていった。

「結界の守護に関してでしたら、それこそ決定権はハクエさんにあるのではないでしょうか？」

「あーははははは！　智花ちゃん最高でしょ！」

「嬢ちゃん、なかなか言うのう」

ハクエをこき使っていた自覚があるのか、白沢も反論が思いつかないようだった。

「智花ちゃんのお陰で俺の苦労が報われたわァ〜〜」

「ぐっ……！　お前の呪具《じゅぐ》を用意しているのは俺だぞ！」

「それ栽培しているのは智花ちゃんでしょ？」

「〜〜〜っ！」

どんどん墓穴を掘っているらしい。白沢は今度こそ何も言えなくなっていた。

「と、言っても結局私は何もできなくて、みなさんのご厚意に甘える事しかできないので……やっぱり白沢さんが決めて下さい」

「…………分かった」

ぼそりと呟いた言葉はとても小さかったが、サワとハクエは白沢の決定にホッとしたようだった。

『では、私が開けた穴を埋めてから去りましょう』

そのついでに結界を補強して去ると約束してくれた。

ナムチが弘義から出て行こうとしたのが分かった智花は、思わず呼び止めた。

「待って下さい！」

『……どうしました？』

「少し待ってもらえますか！」

ふらつきながら智花が起き上がろうとする。白沢が腕を貸して、どうしたんだと問うた。

「小分けしたガマの油を持って行って下さい」

『その薬は……』

「よかったら使って下さい。白沢さん、余っている分はお渡ししてもいいでしょう?」

「……ああ。俺が持ってこよう」

事務所に置きっ放しになっていた小分けされたガマの油を持ってきた白沢は、ナムチにそれを渡した。

ナムチの顔は絹のような布で覆われていて素顔は分からなかったが、きっと今も後遺症に悩まされているのだろう。だからイナがずっと薬を献上しているのだと智花は思ったのだ。

『…………』

「これも何かのご縁なんだと思います。痕《あと》に効くかは分からないので、期待はしないで下さいね」

『……ふふ。そうですか』

「はい」

『蒲黄《ほおう》……懐かしいですね。昔を思い出しました』

『ナムチ様……』

イナがしゅんとしながらナムチを気遣っていた。

『イナは自分のせいで私が死んでしまったとずっと気にしていたでしょう？　もういいのですよ。これからは気にしないで下さいね』

『いえ、いえ……！　それはイナとナムチ様の思い出の薬です。これからもお届けに上がります！』

『イナ……そうですか。それは楽しみにしていましょう』

『はい！』

イナも智花達に向き直ってお辞儀をした。毎年ナムチに献上していた薬の材料のガマの穂は、昔ナムチに助けられた時に教わった薬草なのだそうだ。

『ハクタクの管理する池のガマの穂が一番効果があったのです。智花様、ガマの穂を不浄から守って下さって感謝します』

イナがそう言って鼻をひくひくさせながら頭を下げた。

「そうだったんですね……」

『ですがこちらの蒲黄の方が大変素晴らしいものでした。来年からは智花様に貰《もら》いに来ますっ！』

「あれ？」

守ったハクタクの池はどうなるの？　と智花が首を傾げると、白沢が「タダでやれるか！」と叫んだ。

「まあまあ、お得意様が増えていいんじゃなぃ～？」

「まあ、わしの畑も池もいつ元に戻るか分からんからの」

一気に和やかな空気になった。これで全て終わったのだ。

ナムチとイナは、一礼してそのままふわりと消えた。

弘義の中からナムチが去った事で、支えを失ったかのように弘義の体勢がぐらりと傾いだ。

「おっとっとぉ」

ハクエがすぐに支えてくれたが、弘義は気絶していて目を覚ます様子がない。

智花は白沢達の手を借りて客間の布団を出して弘義を寝かし、智花も部屋へ戻って休むことにした。

「鬼っ子は俺が見ておくよ～。しかし神降ろしができるなんてほんと優秀じゃん～～」

「ヒロ先輩の相談、本人のいない所で解決しちゃいましたね……」

「まさか神様が夢に現れているなんて思いもしないでしょ。ナムチはお願いする側の智花ちゃんに乗り移るわけにいかないし、依《よ》り代を探していたんだろうねェ」

今日はもう休むんだよぉ～とハクエが手を振った。

「はい。色々とありがとうございました」

智花もハクエにお礼を言って手を振り返す。ふらつきながら部屋へと戻ろうとしたら、
白沢が肩を貸してくれた。

「掴《つか》まれ」

「ありがとうございます」

マツも心配そうに振り返りながら、先導して襖《ふすま》を開けてくれたりしていた。

「白沢さん、迎えに来て下さってありがとうございました」

「……気にするな」

「白沢さんが守って下さっているのは凄《すご》く感じます」

「そうか」

「頼りにしてますね」

「……ああ」

ほんのりと白沢が照れているのが分かった。

さっさと寝るんだとい草のマットまで智花を連れていき、端に縒《よ》れていたシーツを智花
にかぶせようとする。

扇風機まで側に持って来ようとするので、智花は思わず笑ってしまった。

「む……」

「白沢さん、とっても甲斐甲斐《かいがい》しいですね」

「いや、その……」

「どうしたんですか？」

何だか様子がおかしいと首を傾げていると、意を決したようにぽつりと呟《つぶや》いた。

「俺は……智花を守ると言ったのに守れていない」

「え？」

「さっき指摘されたように俺は自分で薬草は育てられないし、結界だって力が足りないからハクエに頼んでいる。薬を作る腕だけは一族の中で買ってもらっているが、結局は俺一人では何もできないんだ」

落ち込んでいるのだと分かった智花は、どう言葉をかけるべきか悩んだ。マツも白沢の言葉を聞いて、おろおろとしている。

「白沢さん」

「…………」

「私、おじいちゃんと一緒に暮らしていた時から白沢さんを見ていました」

白沢は落としていた視線を智花の顔が見えるまで上げた。智花と目が合った白沢は、どこか迷子になっているような表情をしていた。

そんな白沢を見てさっきまですごく頼もしかったのにと、ギャップに微笑ましく思った。

「おじいちゃん、人嫌いなのに白沢さんが来た時はとても楽しそうで……カレーの匂いが気になっている白沢さんに食べるか？　って聞いた時の事覚えてますか？」

「ああ、そういえば……」

「一つ一つ楽しそうに説明していました。それで、白沢さんが美味《おい》しいって言った時のおじいちゃんの嬉《うれ》しそうな顔、今も忘れられないんです」

「…………」

「おじいちゃんは頭も良いし、薬を作る腕もあるけど、私は真似をして植物を育てる事しかできません。作れば効能がすごく良くなるみたいだけど、薬の知識なんて私には何もないの。みんなに言われるがまま、教わるまま作ってるだけ」

「それは仕方ないだろう」

育った環境も境遇も全く違うのだからできなくて当たり前だと言う白沢に、智花が指摘した。

「それですよ。誰だって足りないところはいっぱいあるし、できない事もいっぱいあります。みんな分かってるから、助けてもらって、力になるんだと思います」

白沢はそうだろうかと首を捻《ひね》っていたが、智花は一番に伝えたかった事を口にした。

「私、おじいちゃんが亡くなってひとりぼっちになったから、どうしようってずっと思ってました。でも、白沢さんがいてくれたから、だから、だから……」

感極まって智花の目から涙がこぼれそうになった。鼻までつんとしてくるが、智花はぐっと堪《こら》えた。

「守れていないなんて言わないで下さい。私は守ってもらってます。すごく助かってます。白沢さんがいなかったら、私、私……今だって……ここに帰って来られなかったかもしれないんですよ」

「…………！」

泣きそうな顔をして静かに笑う智花に白沢は驚いた。このままでは泣くのではないかとおろおろしている白沢の背後でマツの目が光った。

白沢から距離を取ったマツは、助走をつけて白沢の背中にタックルをした。

「っ!?」

白沢は智花に覆い被《かぶ》さるようにぶつかりそうになるが、とっさに抱きしめて衝撃を和らげた。

「マ……！」

マツの名を呼んで怒鳴ろうとした白沢に、マツは『シーでしゅ!』と小声で合図をした。抱き寄せられた智花は一瞬驚いたものの、堪えていたものがあふれ出てしまった。白沢の胸に縋《すが》って声を上げて智花は泣き出した。

白沢はそのままの体勢で固まっている。その様子をみてマツは満足げな顔をした。

マツは足音を立てないようにサッと移動すると、器用に襖を閉めて智花と白沢を二人っきりにした。

マツの意図が分かった白沢は、耳まで赤くなった。智花を慰められるのは自分しかいないと思ったのだろう。

胸の中で泣き続ける智花を見て、白沢は抱きしめていた腕にもう少し力を込めた。

守るというのは、直接的な意味だけではないと智花が教えてくれた。

それが白沢にとって嬉しかった。

「ずっと側にいてやるから……もう泣くな」

ずっとずっと、愛《いと》おしい。

初めて会った時から、気になって目が離せなかった存在。

きっとそれが運命だったのだと分かるのは、気持ちを自覚した今だからなのかもしれない。

第七章 夏の終わり

全てが終わってさらに一日経過した頃に、ようやく弘義《ひろよし》の意識が戻った。

智花《ともか》も泣き疲れて眠ってしまった後に微熱を出したので、二人揃って眠り続けていたらしい。

弘義はお盆休みだったので問題はなかったが、起きた直後は非常に混乱していた。

看病をしてくれていたハクエに説明を受けた弘義は、いまだに信じられないと頭を抱えている。

「……俺も信じられないんですけれど、一部始終を夢で見ていた気がするんです」

「神降ろしをしてさらに意識を同化させるとは。これはこれは……」

素質があるよぉ〜などと言われても、弘義からすれば正直嬉しくないようで、複雑な表情をしていた。

「……はぁ」

「おや、どうしたの。他に何かあるのかぃ?」

「…………思いっきり失恋しました。神様にまで忠告されて凄くショックです」

ぶっほうと横でハクエの噴き出した声がした。

「どういう事よォ!」

大笑いしながら興味津々のハクエに、弘義はぶすっとふて腐れていた。

智花の態度からしても距離を置かれていたのは分かっていたけれど、直接断られても諦《あきら》められなかった気持ちが行き場を失って、暴走気味だった事は反省している。

「だって、諦めきれます? 長年の悩みの種だったものが智花ちゃんのお陰で晴れたんです。あやかしが見えるっていう境遇も似てたし、料理は好きだし話も趣味も合うのに……」

「う～ん……」

何と言っていいものかとハクエは考えこんでいた。口を挟まずに弘義の話を聞いていると、弘義はぽつりぽつりと身の上話をし始めた。

「俺、怪我が治りにくい体質だっていうのはばあちゃんから聞いてたんですが信じられなくて。病気も全くしなかったから何とも思ってなかったんだけど、発覚したのはその後に転んで骨折した時でした」

「治らなかったんだね?」

「はい。何ヶ月経っても手術した傷が塞《ふさ》がらなくて、大騒ぎになったらしいんです。その時は俺の体力も落ちていたから治りが遅かったらしいんですけど……この体質が分かってから家族から腫《は》れ物扱いされてきました」

「そうだねェ。それは人間の世界では生きにくいでしょう」

「父は異物を見る目で見てくるし、母は過保護に拍車がかかって過干渉で大変でした。民間医療は科学的根拠がないって言って全く信じないくせに、色々な医療は試そうとするんです。……兄だけでしたね。俺の愚痴を聞いてくれていたのは」

「お兄さんも過保護だったじゃないィ」

「……そうでした」

兄は兄で暴走して智花を拉致《らち》していたのを思い出し、そういう所は母と似ていたのかもしれないと弘義は思う。

「怪我をするから外に出るなと言われて何をするのもダメ、あれもダメ、これもダメ。俺はどこも悪くないのに怪我をしたら大変だから家の中にいろ。でも親父は政界にいるから、家族ってだけでずっと知らない奴に晒《さら》されるんですよ。学歴とか成績とか学校での態度とか、個人の趣味とか、生活態度にいたるまで全部晒されるんです。俺が家から出ないとばれれば、あいつの息子は引きこもり……。俺は外に出たいのに、勉強だって好きなのに兄は良くて俺はダメ。何もさせてもらえない。なのに後ろ指を指されて笑われるんですよ。

「……どうしろっていうんだ」

大きなため息を吐いて天を仰いだ弘義は、青空に浮かぶ雲を眺めながらぼそりと言った。

「少しずつ説得して、なんとか外に出してもらって……大学ストレートで受かって凄《すご》く嬉しかった。初めは週一だったけどバイトも許可してもらって、少しずつ少しずつ外に出て……母を説得してなんとか車の免許までこぎ着けて。あやかしとか見えてたけど、そんなこと誰にも言えないまま我慢して……」

そんな時に智花が持っていた傷薬の存在を知った。

自分と似た境遇の彼女の存在を知ったら、もう気持ちが止まらなかった。

「なるほど。そんな時に智花ちゃんに会ったのかァ。そりゃ気になっちゃうよねェ」

「…………はぁ」

智花の傷薬をきっかけにあやかしに効く薬草を育てている事まで知ると祖母は大喜びだった。

智花とコンタクトを取るためにバイトの日数も増やす許可が出たほどだ。最初は祖母のためと家族に説得を重ねて、それが自分に繋《つな》がると言い続けた。

智花を切っ掛けにどんどんと広がっていく弘義の世界に、智花がなくてはならない存在になるのに時間はかからなかった。

「だけど、神様に言われました。それは利用しているだけではありませんか？　って」

「え……あの神様そんな事を鬼っ子に言ったの？」

ナムチの目を通して智花を見せられた。智花が大変な目に遭っているのに弘義は助けにいけず、さらに助けに行ったのは智花の初恋の相手。

白沢《しらさわ》の存在に心から安心している智花の表情を見て、弘義は悲しくなった。

好きな人はいないと言っていたが、智花のあの表情を見て、同じ事を聞く勇気はもうない。

「…………あーあ」

落ち込んでいる弘義に、ハクエは「胸を貸そうか？」と言ってきた。

「最近、俺に胸を貸そうとする野郎が多いんですよね……別の意味で涙出そう」

遠い目をしながら言った弘義を見て、ハクエは笑った。

＊

少し熱が出ていた智花は、白沢から渡された薬を飲んで苦い顔をしていた。

「育てるのと作るのと飲むのは別物……」

思わずそんな事を言うと、隣で騒いでいたかまいたち兄弟がふんぞり返りながら智花に言った。

『なんだ、智花は薬飲むのが嫌なのかー？　ガキだな！』

ケケケ、と笑うタケを見て、マツが呆《あき》れていた。

『タケ兄ちゃんもお薬嫌いでしゅ』

『ばっきゃろー！　バラすんじゃね――！』

『私は薬は好きですよ。飲みませんけどね。包帯も好きです』

『ナカ兄ちゃんは怪我してないのに全身に包帯巻くでしゅ。謎でしゅ』

『包帯は装飾品ですよ！』

『ちょっと意味が分からないでしゅ』

最近、かまいたち兄弟はテレビをよく見ているせいか、流行《はや》っている言葉を時折使うようになった。

そういえばナカは、様々な形と色をしている駄菓子のラムネを見ながら『合法パーティーヒャッハ――!!』と叫んでいた。一体どこでそんな知識を仕入れてくるのか分からない。

（危ない物には近付かせないようにしなきゃ……）

智花の心配を余所《よそ》に、三匹はぎゃいぎゃいと言いつつ智花の手にじゃれていた。撫《な》でて欲しくて仕方がないらしい。

智花が構っていると、白沢がうるさいと言ってかまいたち兄弟を閉め出した。

『クタベてめー！』

『智花しゃーん！』

『心の狭い男ですね！』

「うるさい。智花はまだ体調が悪いんだ。静かにしろ」

白沢がそう言うと、マツがしゅんとして『ごめしゃい……』と謝り、僅《わず》かに開いた襖《ふすま》と襖の間から鼻を突っ込んでいた。

気付くとマツの上下に同じ様な鼻が二つにょきっと出てきた。タケとナカも襖の間に鼻を突っ込んでいる。

なんだかんだ智花が気になって仕方がないらしい。

（うう～構いたい！）

あれから、どういうわけか白沢が大変な過保護へと変化した。甲斐甲斐《かいがい》しい看病に智花が恐縮していると、気にするなと笑いかけて頭を撫でてくる。

（あれ……なんだろう……なんだか距離が近いような……）

白沢に泣きすがってしまった後、気付けばそのまま寝ていた自分に智花は落ち込んだ。

(なんてことをしてしまったの――!)

一気に真っ赤になってしまってぐるぐるしていたら、白沢に熱があると慌てられた。それも恥ずかしかったのに、実は本当に熱があったと後々に自覚してそのままダウンした智花は、それからさらに丸一日眠ってしまったようだった。

庭の手入れなどはサワとハクエ、かまいたち兄弟が手分けしてやってくれたらしい。床からお礼を言うと、逆に頼れと怒られてしまった。

気になっていた落雷の被害に遭ったトウシキミも、サワが手当てしてくれたと聞いてホッとする。

気付けばお盆の迎え火を過ぎていた。智花は慌てて準備をしようとするが、白沢に寝ていろと止められた。

「で、でも……」

ちょうど弘義も気がついたよ~とハクエが教えてくれたが、智花と白沢のただならぬ空気にハクエは首を傾げた。

「どうしたのって聞いてもいい?」

「もう聞いているだろうが」

「あ、あの……迎え火を焚《た》きたくて……」

「ああ、お盆だねェ。なるほど、甥《おい》っ子が寝てろってうるさいんだねェ。代わりにやってあげるよォ」

ハクエがいそいそと準備をしていると、サワ達はお盆の風習を知らないらしく、なんじゃそりゃと興味津々だった。

「ハクエさんって本当に何でもご存じなんですね」

「そりゃあね！　もうこっちに住んで長いものォ〜〜」

精霊棚を始め、ナスとキュウリで器用に精霊馬を作ったりと感心するほどに詳しかった。

ハクエの指示の下、弘義も仏壇の掃除を手伝ってくれた。智花はお供え用も兼ねた一汁三菜の精進料理を作っていく。

精進料理や飾りに使う作物を庭から収穫していく中で、飾り用の鬼灯《ほおずき》も庭から採取していると弘義が驚いた。

「智花ちゃん家《ち》って鬼灯まで育ててるんだ……？」

全ての材料が庭で揃うというのも、現代ではなかなか見ないだろう。

「鬼灯は根が酸漿根《さんしょうこん》っていう漢方なんです」

「そうなんだ!?」

弘義が感心しながら鬼灯の収穫を手伝ってくれた。あっという間に準備が終わり、門の所で迎え火を焚く。

少し遅くなってしまった。「おじいちゃんごめんなさい」と手を合わせながら智花は謝った。

『人間がこれに乗るのかー？　変わってんなぁ』

『なぜナスとキュウリなのですか。カボチャじゃないのはなぜですか！』

精霊馬を見ながらタケとナカが叫ぶ。それを聞いたハクエが目をぱちくりとさせた。

「ちびっ子って童話知ってんの？」

最近はテレビをよく見ているとと智花が教えると、「なるほどねェ～」なぜかハクエが食いついた。

「ちびっ子も魔法少女見ない？」

『闇落ちしたヒーローものの方が好みです』

「さっそくの意見の食い違い！　決別したわァ～～」

そんなやり取りをしているのを見ながら智花が懐かしそうに言った。

「そういえば昔、しょうりょうって読めなくて、ずっとせいれいって勘違いしてました」

「分かる！　普通にせいれいだと思うよね」

智花の言葉に弘義が同意した。お盆に参加する事もないと、意外と気付かずそのまま過ごして後から恥をかくと二人で苦笑した。

『ヒロしゃん、せーれーって何でしゅか？』

「精霊か〜……なんだろうね？」

弘義が首を傾げると、マツも真似する。マツも真似して首を傾げた。

逆に傾ければマツも真似する。弘義はそれが可愛くて、何度も繰り返していた。

「八百万《やおよろず》の神々と呼ばれている存在が精霊と呼ばれているようじゃの。幽霊も精霊らしいぞい。わしらも精霊と呼ばれるんじゃないかの？」

サワがそう教えてくれた。するとマツがパッと顔を上げて『僕りゃでしゅね！』と嬉《うれ》しそうに言った。

「そうじゃの。わしらの事じゃの」

『僕りゃ馬でしゅか？』

「馬ではないのう」

ほっほっほっとサワが笑う。小さな孫に色々教えてあげている祖父のようで微笑ましい。

みんなの弾む会話に智花は嬉しくなった。去年は一人で迎え火を焚いていた。今年はなんと賑《にぎ》やかなのだろう。

智花は迎え火の煙を見ていて、これでおじいちゃんが帰ってくるのかなぁとぼーっと見ていた。

あやかしは見えるのに幽霊は見えない。見えたら祖父が帰って来るのが分かるのにと、少し寂しい気持ちになった。

じっと煙を見ていたら、その煙がだんだんと膨らんで丸くなっていくのに気付いた。

「え……」

思わず距離を取った智花に、みんなも何事だと気付いた。白沢はすぐに智花を自分の背後に隠した。

「……なんじゃ？」

賑やかだった空気が一瞬で凍ってしまった。煙がだんだんと人の形になっていくにつれて、もしやと思う。

「ナムチ様ですか？」

まるで智花の言葉に応《こた》えるように、煙ははっきりと人へと変化した。べん服にべん冠を被《かぶ》っている青年には、以前会った時にはあったものがなくなっていた。

顔を覆い隠していた絹のような布がない。そのため、顔が顕《あら》わになっていた。

精悍《せいかん》な顔立ちの優しい目元をした青年。だが、どこか厳しそうな印象を受ける出《い》で立ち。

智花達を前にしてスッと一礼したナムチに、智花もお辞儀をした。

『あなたの薬がすばらしくて、いてもたってもいられずにまた来てしまいました』

嬉しそうに笑うナムチは、智花に直接お礼が言いたかったらしい。

『この時期は下界に下りやすくていいですね』

からからと笑いながらナムチが言う。しかし、お盆に神が来てしまったと他の面々は妙な緊張に包まれていた。

『そうそう、ついでと言ってはなんですが……道に迷っていたようですので連れて参りました』

ナムチがそう言って背後を振り返ると、物陰からこちらを恐る恐る覗《うかが》っている三人がいた。

誰だろうと思っていると、智花が目を見開いて硬直した。

「お、おじいちゃん……？」

「お前、まさか信吉《しんきち》か？」

白沢も驚いている。豊富な白髪をオールバックに整えていた信吉は、愛用していた着物で、いつもの出で立ちだ。

智花を見てにっこりと笑い、近付いてきて智花の頭をそっと撫でた。

「お、おじいちゃ……」

泣き出した智花に信吉は驚いた顔をした。ぱくぱくと口を動かして戸惑った顔で白沢に助けを求めている。

智花に声は聞こえないが、あやかしである白沢達には聞こえているらしい。信吉が「元気か？」と言っていると教えてくれて、智花は嗚咽《おえつ》をこぼした。

昔から智花は人前では泣かない子だっただけに、慌てているのだろう。

信吉は智花の肩をぽんぽんと叩《たた》く。感触はないが、なんだろうと信吉の顔を見上げると、信吉が背後を振り返った。

そこにいたのは不慮の事故で別れた大切な人達。朧気《おぼろげ》な記憶と、遺影で毎日見ていた顔。

「お、お母さん……？　お父さん……？」

智花の言葉に両親は嬉しそうな顔をした。智花は両親に駆け寄って、今までの寂しかった気持ちが涙となって溢《あふ》れ出た。

幽霊が見たい、そう思っていたのは、大事な人と会いたかった気持ちの表れだった。

迎え火を焚くのが予定よりも遥かに遅れてしまったせいか、両親達が迷子になっていたらしい。智花と縁《ゆかり》があると気付いたナムチがわざわざ連れてきてくれたのだ。

『送り火まで、まだ一日はあるでしょう。ゆるりと過ごされるがよい』

信吉と両親は、ナムチを見て深々とお辞儀をしていた。智花も嗚咽をもらしながら、なんとかお礼を言った。

ナムチは笑顔を携えたまま、ふわりと消えた。気付けば迎え火の煙も消えている。

「おわ〜いっぱい迎えたねェ〜！」

ハクエは笑いながら「積もる話もあるだろうから中に入ろうかァ〜」とみんなを促した。

「智花ちゃん、幽霊見てみたいって言ってたけど……家族に会いたかったのかな」

弘義が小声でそう呟《つぶや》くと、ハクエも同意した。

「ナムチは縁結びの神様だからねェ。お礼に智花ちゃんの家族の縁を結んでくれたんだねェ」

「あの神様、縁結びの神様なんですか？」

「あれ？　有名な神様だよォ？」

「え、聞いた事ないですけど……」

「ああ、名前いっぱいあるよォ。一番有名なのは大国主神《おおくにぬしのかみ》って名前かなァ？」

「…………え？」

固まった弘義に、ハクエは笑いながら言った。

「農業神に医療神に縁結び……俺達も縁があるから無下にできなくてさァ〜怒らせると祟《たた》り神の面もあるから本当困ったよねェ〜いや〜無事に済んで良かった良かったァ

〜〜」

何でもないことのように言うハクエの態度に、弘義は硬直したまましばらく動けなかった。

日本を代表する神様に、弘義は恋路を窘《たしな》められていたのだ。

＊

智花はずっと両親達と離れなかった。祖父達とは直接会話はできなかったけれど、身振り手振りで返事をしてくれた。時に横から白沢が通訳してくれて本当に助かった。

アルバムを引っ張り出して別れてから今まで何があったか説明していると、智花の言葉に嬉しそうに頷《うなず》いて両親がアルバムに食いついていた。

時折祖父が両親になにやら話していた。祖父と一緒に過ごしてきた時のことを話していると白沢に教えられて何だか恥ずかしくなる。

母から独りにしてごめんねと謝られて智花は首を横に振った。不慮の事故であって両親に非があるわけではない。

ここは家族がいっぱいいて楽しいし、こうして会えたから嬉しいと心から言える。

庭も案内してたくさん説明をした。毎日の過ごし方とか、庭を手伝ってくれるあやかしを紹介した。

庭では、信吉がいると分かったあやかし達に囲まれて大騒ぎになってしまった。

祖父は囲まれていて相変わらず騒がしいと言ったらしいが、その顔は嬉しそうだった。

『しんきちー』『しんきちー』『かえってきたー？』と言われて頷いている。

大騒ぎになってしまってお祭り騒ぎだ。この勢いに任せて、ハクエがぽつりと言った。

「賑やかだからバーベキューしたいねェ」

その言葉にタケ達が食いついた。

『バーベキューって何だ？』

『私は肉を食べる祭りだと知っていますよ！』

『肉だと⁉』

『お肉でしゅか⁉』

「メガネっ子は都合の良いことしか言わないねェ。でも合ってるよ〜〜！」

肉と聞いた白沢とサワもそわそわとしだした。お盆にお肉はダメですと智花は一応言ってみたが、あやかしにそんな理屈など通用しない。

両親達も気にしないでと言ってくれた。そしてなにより、弘義の目がらんらんと輝いているのに気付いた。

「バーベキューやるなら家から道具を持ってくるよ。実はアウトドアグッズ集めているんだ」

「そうだったんですか？」

「うん。実は昔から怪我をしたら大変だからってほとんど外に出して貰《もら》えてなかった反動でキャンプとか憧《あこが》れててさ。アウトドアグッズを部屋で日常使いしてるんだ」

「部屋でアウトドア？」

「インドアという名のアウトドアごっこ」

「何だか楽しそうな事してんねェ」

ハクエはからからと笑う。これはもうバーベキューの流れになっていると観念した智花は、宣言した。

「庭でバーベキューしますか！」

やった～！　と喜ぶ一同。そうと決まれば準備に忙しい。

「ああ、でも俺のは一人用だから買い足さないと……」

「じゃあ私が家用に買います！　今からホームセンター行って買いそろえられるかな？」

「大丈夫だよ。車だすよ」

「ヒロ先輩、ありがとうございます！」

「花火も買おうよォ！」

「花火！」

弘義の目がぎらぎらしている。どうしたのかと思っていたら、弘義の境遇から怪我をしてはいけないと、幼い頃からこういった行事をさせてもらえなかったのだとハクエにこそっと教えてもらった。

智花も数える程度しか経験がなかったので、花火にも賛成する。

家が古民家だから火には特に気をつけているので、火の始末は特に念入りにしようと心に決め、買い出す物をメモに書き出していった。

先《ま》ずは弘義と分かれた智花達はホームセンターへと直行し、愛車を持ってきた弘義と合流。弘義に説明してもらいながら色々と買い込み、荷物を置いたら今度は肉の買い出しに車を走らせた。

業務用の店に行き、大量の肉と焼きそば用の麵《めん》を購入する。ハクエはビールを大量に買い込み、車を運転していた弘義に「それはずるいですよ！」と叫ばれた。

「ヒロ先輩、明日なにか予定ありますか？」

「ないけど……」

「門を開放すれば車入りますよ。今日はぜひ泊まって下さい」

「いいの⁉」

智花の言葉に弘義は感激して大喜びした。

智花達が買い出しをしている間、サワとかまいたち達は信吉に助言をもらいながら庭の夏野菜を収穫していた。

かまいたち兄弟が野菜を洗い、サワが野菜を切っていく。

トマトを手に取ったサワが嫌そうな顔をしたのをマツが見逃さず、『じーちゃんもお野菜ちゃんと食べるでしゅよ！』と怒られていた。

「わしは肉がいいのう」

『ぼくもお肉がいいでしゅ！』

「じゃあ野菜少なめにしようかのう」

『だめでしゅよ！』

「なんでかのう」

そんなやり取りをしているのを、信吉達が微笑ましそうに見ていたらしい。

大量の荷物と共に帰ってきた智花達はさっそく準備をしていった。

網を敷いて肉と野菜を焼くのは弘義担当で、焼きそばは智花。白沢とハクエは燻製《くんせい》担当だった。

ホームセンターでインスタント用のスモーカーを見たハクエが、これで燻製を作ってビールが飲みたいと騒いだのだ。

すぐに弘義が賛成して二人で結託したらしい。ソーセージやチーズ、うずらの卵と様々な物をいつの間にか買い込んでいた。

準備が整い、いざ乾杯とコップを掲げた。智花だけまだ十九歳と未成年だったので炭酸ジュースだが、各々が一口飲み物を口にすると、くううう〜と声がもれていた。

「うっま〜〜〜！　ビール最高ォ！」

「なんじゃこの酒は！　うまいのう！」

じゅうじゅうと肉が焼ける匂いに誘われて、他のあやかし達もそわそわしている。

かまいたち兄弟が三人一列に並び、皿を持って肉が欲しいときらきらした目をして弘義にお願いしていた。

焼ける度に皆の皿に盛りつけていく。ハクエが時折焼く係を代わってくれて智花達も沢山食べた。

両親達にもとお供え用にビールを注ぐと、父と祖父がとにかく喜んだ。隣で母が苦笑している。

その横でじっくり三時間もかけて仕込んでいた燻製が出来上がると、ハクエと弘義の顔つきが真剣な表情になった。

先に一口弘義とハクエがチーズに食らいつく。そして一気にビールを呷《あお》った。

言葉なく二人は拳《こぶし》を突き合った。どうやら燻製は上手《うま》くいったらしい。

「いつの間にお前達は仲良くなったんだ」

呆《あき》れながら白沢が問うと、酔っ払ったハクエが「羨《うらや》ましいのぉ～～？」と煽《あお》った。

「この酔っ払いが」

「まあまあ、この燻製の出来を堪能してみなよぉ」

「どこに燻製があるんだ」

「なに……？　って、あ――！」

そう言って白沢の目線の先を辿《たど》ってハクエが思わず叫んだ。

作ったばかりの燻製がかまいたち兄弟に奪われていたのだ。

『もぐもぐもぐ……うめ――！』

『ヒロしゃん、このたまぎょおいしいでしゅ！』

「そう？　うずらの卵、もう一個食べる？」

『やったーでしゅ！』

『私にはソーセージを下さい！』

「鬼っ子にちびっ子〜〜！　そりゃないよォ〜〜！」

スモーカーは小さいタイプだったからそこまで多くは作れなかった。そのせいか、あっという間に食べ尽くされてしまう。

「今から作ったら寝酒用になりますね」

智花が苦笑していると、うう……とハクエが項垂《うなだ》れた。

それでもいそいそとハクエが次の準備を始めるのを見て、智花達は笑った。

楽しい時間はあっという間に過ぎていく。最後は日もとっぷりと暮れ、シメとして花火を楽しんだ。

『逃げ惑え恐れろ！　くらえネズミ花火!!』

『ぎょわわわわ！』

『ぎゃあああああ！』

タケとマツの足下にネズミ花火を放ったナカが『あーはっはっはっ！』と実に楽しそうにしていた。

足には当たらない絶妙な位置に花火は放たれてはいたが、身体が小さなかまいたちにとってはとても恐怖だろう。

『ナカ兄ちゃんなにしゅるでしゅか――！』

『なにすんだてめ――！』

『踊れ踊れぇ!!』

「こら――！　みんなに花火を向けちゃダメでしょう！　没収!!」

『ア――ッ』

智花の怒った声に今度はナカまで逃げる側に回った。騒がしいやり取りを見ながら、サワがほっほっほっと笑っていた。

「ほんまに楽しい子達じゃの」

サワの言葉に両親達も静かに微笑み、頷《うなず》いていた。

楽しい時間はあっという間に過ぎ去ってしまった。

みんなにお休みと挨拶《あいさつ》して自分の部屋に戻った智花だったが、ふと一人きりになった瞬間に今まで甘えたかった気持ちがぶわりと膨らんで深夜まで両親と話そうとした。

眠いのも我慢して目を擦《こす》りながらも話そうとする智花に、母が幼子を寝かしつけるようにぽんぽんと胸元を叩《たた》いてくれる。

母はずっと智花の手を握っていてくれた。感触はないはずなのに、とても温かいと思う。

家に家族がいる。それだけで、智花は眠りにつくまでずっと嬉《うれ》しくて涙が止まらなかった。

＊

次の日には別れだ。送り火を焚《た》き、智花は両親達を見送る。その見送りには、あやかし達もみんな出てきていた。

寂しい気持ちはあったが、祖父の口元が、「またな」と言っているのに気付いた智花は嬉しかった。

「またね！」

智花は手を振って笑顔で両親達を見送ったのだ。

＊

澄み切った青い空。白い入道雲。風鈴の音と蝉の声。蒸し暑い刺すような日差し。

まだ暑い日が続いているが、暦では夏が終わろうとしている。

毎年巡ってくるこの季節だったが、今年はどこか心まで温かい。


昼下がり、縁側でみんなでアイスを食べていた。

サワはアイスという物を初めて目にして非常に驚いていた。

「ふおおお消えるぞい！　口の中で消えるぞい！」

バニラアイスを食べながら、サワが一口食べる度に叫んでいる。

「いちいちうるさいぞ」

感動しているサワに白沢がうっとうしそうに言った。

白沢はかき氷のイチゴ味がお気に入りだ。最初にかならず頭がキーンとするらしく、眉《み》間《けん》にしわを寄せつつ食べている。

ハクエは最中アイスが好きらしい。パキッと手折ってちまちま食べている姿を見て、タケが叫んだ。

『一口サイズにわざわざ折るとか、ちいせえ男だな！』

「大人だから齧《かじ》りついたりしないのさァ」

『ばっきゃろー！　アイスは齧りつくのがツウよ！』

かまいたち兄弟はスイカ状のアイスが大好きで、器用に両手で棒を持ってしゃくしゃく食べている。

智花は求肥《ぎゅうひ》に包まれた団子アイスを好む。夏も好きだが、冬にこたつに入って食べるのがとにかく好きだ。気付けば一年中こればかりを食べている。

スイカのようでスイカじゃないアイスに、サワがなんじゃそれはと興味津々に聞いた。

『こいつはなぁ、スイカ味のスイカなんだぜ！』

タケが自信満々に説明している。スイカじゃないと白沢が突っ込んでいた。

「スイカじゃないんか⁉」

『こいつは皮の部分も食えるんだぜ！　すげーだろ！』

「なんとぉ！」

うるさいと言おうとした白沢は、ちょうど頭がキーンとしたらしく、呻《うめ》き声を上げていた。

『それにな ぁ……この種、実は食えるんだぜ!!』

「なんじゃと――!?」

サワの驚きにタケは満足気な顔をしている。

「一口くれんかの?」

『やるわけねーだろ!』

『我々からアイスを奪うなんて……鎌の錆《さび》にしますよ?』

ナカまでそんな事を言いだした。マツはちらりとサワを見たが、奪われる前に食べてしまえと思ったのか、咀嚼《そしゃく》している速度が一気に増した。

「スイカの種を食ってもへそから芽が出んのじゃな? なんと……人間はそんなものまで作っておったのか……」

『は!? スイカの種食ったらへそから芽が出んのか!?』

タケが青い顔をして叫ぶと、サワとハクエがにやりと笑った。

「なんと知らんかったのか……スイカはのう、種を食うと寝ている間にへそからにょきにょき～! っと芽が伸びて、身体を乗っ取るのじゃ!」

『ぎゃあああ!』

『なんですって!?』

タケとナカが青い顔をしている。ハクエはこっそり大笑いしていた。智花もつい笑ってしまって、ばれないようにそっぽを向く。

予想外に平然としていたのはマツだった。かまいたちの薬を作るのにも兄弟の中で一番精通しているので、スイカの種がそんな事にならないと知っていたのだろうか？

『タケ兄ちゃん、この間しゅいかを沢山食べてたでしゅ。育つならそろそろでしゅ』

『な、なに――!?』

思わずタケが自分の腹を見た。絶望した顔をしたタケと、タケから後ずさりをして距離を取ったナカを見て、サワとハクエがもうだめだと爆笑した。

「なんじゃなんじゃ、こやつら面白いぞ！」

「あーっはっはっはっ！　ほんとちびっ子最高でしょ！」

笑うサワとハクエに困惑しているタケとナカに、マツがトドメを刺した。

『悪い子は腹の中で種が育つってじーちゃんが言ってたでしゅ！』

『ああー!?　マジかよ――！』

予想外にマツも信じていた側だった。だから良い子でいるでしゅ！　と胸を張っているが、スイカの種が怖いからだったのだと気付いて智花は頬が緩んだ。

ショックを受けているタケとナカを笑いながら、サワは興味が尽きないとスイカアイスの種をまじまじと見た。

「しかし黒いが一体何でできてるんじゃ？　見たところ丸薬にみえるの」

苦そうじゃと顔を歪《ゆが》めたサワに、今度は自信満々に白沢が教えた。

「俺は知っている。それはチョコだ」

どや顔で答えを言っている白沢だが、以前白沢がスイカアイスを食べた時は、その黒い種を無言で取り除いていたのを知っている智花は噴き出した。

「ちょこってなんじゃ⁉」

サワの言葉にハクエが叫んだ。

「そこからァ――⁉」

ハクエの講義が始まる。この賑《にぎ》やかな会話は止まらない。

その後はショックを受けていたタケとナカを励ますために、智花が小さい頃に使っていた子供用のプールを出してプールを作った。

水道にホースを取り付けて、ホースの先を指できゅっと潰《つぶ》すと、ピューッと勢いよく水が出る。

『おばばばばばっぎゃろぼぼぼぼ』

なぜか顔面で受けようとするタケに、ホースを持ったハクエがタケを集中的に狙った。

『プールでしゅ――!』

『我はラッコなう』

大喜びのマツに、なぜかぷかーっと水に仰向《あおむ》けで浮かび、胸元の手は貝を叩くようなまねをしてラッコの物まねをしているナカ。

智花はその様子を動画に撮って弘義に送った。

【ちょ……! 今からそっち行くから!!】

返ってきたメールに弘義が釣れたと智花が笑った。

プールの後は遊び疲れたかまいたち兄弟が、縁側に並んですやすやと眠っている。

扇風機の音と風鈴の音。蝉の声を背景に、コップに入っていた氷が転がる澄んだ音がした。

気付けば二つ折りにした座布団を枕代わりにして、サワ達も昼寝をしている。

パタパタとうちわを扇《あお》ぐ智花は、夏の音に耳を傾けながら空を見上げた。

今年の夏は、とても賑やかだった。
来年もこれからも、賑やかでありたいと願う。

富士見Ｌ文庫

神様《かみさま》の薬草園《やくそうえん》
夏《なつ》の花火《はなび》と白《しろ》うさぎ

松浦《まつうら》

2020年７月15日　初版発行
2023年６月30日　再版発行

発行者　山下直久
発　行　株式会社 KADOKAWA
〒102-8177　東京都千代田区富士見2-13-3
電話　0570-002-301（ナビダイヤル）

印刷所　株式会社 KADOKAWA
製本所　株式会社 KADOKAWA
装丁者　西村弘美

定価はカバーに表示してあります。

●お問い合わせ
https://www.kadokawa.co.jp/（「お問い合わせ」へお進みください）
※内容によっては、お答えできない場合があります。
※サポートは日本国内のみとさせていただきます。
※Japanese text only

ISBN 978-4-04-073662-4 C0193